GÉRALDINE DALBAN-MOREYNAS

DIE ANHALTENDE SUCHE NACH GLÜCK

ROMAN

Aus dem Französischen von
Sina de Malafosse

HarperCollins

Die französische Originalausgabe erschien unter dem Titel
Elle voulait juste être heureuse bei Albin Michel, Paris.

1. Auflage 2024

Gesetzt aus der Stempel Garamond
von GGP Media GmbH, Pößneck
Druck und Bindung von GGP Media GmbH, Pößneck
Printed in Germany
ISBN 978-3-365-00921-5
www.harpercollins.de

Druckprodukt mit finanziellem
Klimabeitrag
ClimatePartner.com/15109-2009-1001

FSC
MIX
Papier
FSC® C014496

Für Milo, meinen Sohn,
damit er immer den Mut hat,
sein Leben zu wählen.

Für Valentin, meinen Bruder,
weil er so mutig war,
an einem Tag im September
das seine zu wählen.

PARIS

1

Letzte Woche hat er sie verlassen. Genauer gesagt, letzte Woche am Dienstagabend um 21 Uhr 15. In der Nacht zuvor haben sie drei Mal miteinander geschlafen. Einmal um Mitternacht, als sie ins Bett gingen, um halb sieben, kurz bevor der Wecker klingelte, und noch einmal mitten in der Nacht, aber da sie das Licht nicht eingeschaltet hat, weiß sie nicht genau, um welche Uhrzeit. Sie schätzt gegen drei oder vier Uhr morgens. Aber das ist eigentlich unwichtig.

Jedes Mal hat sie gespürt, wie er sich hart an sie presste, schon fast am Explodieren. Jedes Mal hat sie ihn in sich aufgenommen, bis sie spürte, dass er kam. Sie schläft gerne so ein, als wären sie ein einziges Wesen. Sie liebt sein Begehren, seine Lust auf sie, sobald sich mitten in der Nacht, zwischen zwei Träumen, seine Haut an ihre schmiegt.

Es folgten Monate wie ein böser Tagtraum und Nächte ohne Schlaf, in denen sie sich immer wieder fragte, wie ein Mann in einer Nacht drei Mal mit einer Frau schlafen kann, die er am nächsten Tag verlassen wird. Vielleicht gerade, weil er weiß, dass er sie verlassen wird. Er würde sagen, dass er es am Tag zuvor noch nicht gewusst hat.

2

Sie hat immer davon geträumt, hier zu wohnen. Als Studentin ist sie ganze Sonntage lang die Stufen von Montmartre hochgelaufen. Sie hat diesen Ort immer gemocht, ohne zu wissen, warum. Obwohl sie nicht von hier ist. Als sie klein war, ist sie einmal mit ihrem Vater nach Paris gekommen. Sie erinnert sich vage an einen unkontrollierbaren Schwindel in der ersten Etage des Eiffelturms. Sie hat immer gesagt, dass sie eines Tages ein Kind aus Montmartre haben würde. Ihre Tochter ist ein Montmartre-Kind.

Mit dreißig opferte sie eine, wie man sagt, komfortable Situation und eine geplante Hochzeit für eine Liebesaffäre mit einem verheirateten Mann. Die Sache war vom ersten Kuss an zum Scheitern verurteilt, aber das hatte sie nicht davon abgehalten, bis zum letzten Abend daran zu glauben. Ein Jahr später zog sie auf den Hügel von Montmartre, um in einer kleinen Zweizimmerwohnung am Ende einer Allee ihre Wunden zu lecken. Villa Armand, Nummer 4. Vierzig Quadratmeter, in denen sie lernte, ohne ihn zu leben.

Ein paar Monate später packte sie erneut Kartons, um in eine Dachgeschosswohnung zu ziehen. Rue des Trois-Frères, Nummer 31, Montmartre. Ebenfalls zwei Zimmer, die wie eine etwas verrückte Garçonnière wirkten und einige feuchtfröhliche Partys beherbergen sollten.

Die Wohnung lag einen Steinwurf von der Place des Abbesses entfernt und war, als sie sie zum ersten Mal besichtigte, schon monatelang auf dem Markt, ohne dass sich jemand hatte vorstellen können, sie zu kaufen. Der Makler hatte sich eine Weile bitten lassen, bevor er einwilligte, die vier Stockwerke ohne Fahrstuhl hochzusteigen, obwohl die Sommerhitze einem jede Willensstärke und die Luft zum Atmen raubte.

»Ich muss Sie vorwarnen, Sie haben auf die Besichtigung bestanden, aber die Wohnung liegt direkt unter dem Dach. Die Deckenhöhe entspricht nicht der Vorschrift. Wenn Sie sie irgendwann verkaufen wollen, wird Ihnen das nicht gelingen. Daran hakt es bei jeder Besichtigung, und machen Sie sich keine Illusionen, im Gestühl ist nichts rauszuholen. Wäre es Ihnen nicht lieber, wir würden uns die Zeit nehmen, um etwas zu finden, das eher Ihren Kriterien entspricht?«

»Aber diese Wohnung entspricht meinen Kriterien.«

»Sobald ein Mann, der größer ist als einen Meter achtzig, über die Schwelle tritt, wird er Angst haben, gegen einen Balken zu rennen. Es sind kaum mehr als zwei Meter Deckenhöhe …«

»Das ist mir egal, es gibt in meinem Leben keinen Mann über einen Meter achtzig.«

Sie kaufte die Wohnung.

Und verkaufte sie wieder, wegen eines Ein-Meter-achtzig-Mannes, der jedes Mal, wenn er reinkam, das Gefühl hatte, gleich gegen einen Balken zu rennen.

Ein Baby und eine Trennung später kehrte sie nach Montmartre zurück, dieses Mal ein Stück weiter in den Westen. Rue Paul-Albert, unterhalb der großen Treppen, die zu Sacré-Cœur hinaufführen. Dort liegt einem die

Stadt zu Füßen. Ihre Tochter lernte laufen, indem sie ständig diese gepflasterten Treppen rauf- und runterkraxelte.

Sie verkaufte wieder. Weil der Bewohner oben drüber zwischen zwei Klinikaufenthalten jede Nacht versuchte, seine Frau zu ermorden, und ihr mit einem Fleischermesser durch das Treppenhaus hinterherlief. Sie hatte überlegt, dass es nicht sehr vernünftig war, allein mit ihrer Tochter dort zu leben, wenn über ihren Köpfen ein Irrer wohnte, auch wenn dieser eigentlich sehr sympathisch war – solange er nicht vergaß, seine Pillen zu nehmen. Vor allem verkaufte sie, weil sie endlich die Patchworkfamilie hatte, von der sie so lange geträumt hatte.

»Ist es nicht zu früh für eine gemeinsame Wohnung?«

»Warum zu früh?« Sie sah ihre Freundin Sophie stirnrunzelnd an.

»Ich darf dich daran erinnern, dass ihr euch erst vor drei Monaten getroffen habt …«

»Wir sind über vierzig, wie viel Zeit, glaubst du, brauchen wir noch, um zu wissen, dass wir das wirklich wollen?«

»Vielleicht hast du recht. Aber ihr kennt euch doch erst seit Kurzem.«

»Wir haben den Sommer zusammen verbracht, und es war so schön.«

»Der Sommer ist nicht das Gleiche, da fehlt der Druck der Arbeit, der Alltagsstress.«

»Ich weiß, ich weiß, aber schau, ich habe Milly fast die ganze Zeit und er hat seine Söhne ständig. Wenn wir uns sehen wollen, ist das Zusammenleben also die einzige Lösung, sonst kann es einfach nicht funktionieren. Wir können nicht jeden Abend einen Babysitter nehmen und uns im Hotel treffen.«

Sophie nickte. Automatisch, ohne wirklich daran zu glauben. Obwohl alle daran glauben. Oder glauben wollen, weil alle Geschichten mit Happy End lieben. Vielleicht eher aus Egoismus als aus Nächstenliebe, um die eigenen Hoffnungen auf eine Liebesgeschichte, von der wir im dunklen Kinosaal träumen, zu nähren. Denn woran gehen sie eigentlich innerlich zugrunde, diese lebhaften, wilden und unabhängigen Frauen und Männer, die sich in einer Gesellschaft behaupten, in der mit der richtigen App die meisten Begehren gestillt werden können? Sogar das sexuelle. Und doch gehen sie zugrunde, ohne überhaupt zu merken, dass sie ziellos im Kreis rennen, nur um sich lebendig zu fühlen. Daran, nicht geliebt zu werden. Und nicht zu lieben. Sie wusste nicht, was zuerst kam.

An einsamen Sonntagen hat sie früher dem Blues ein Schnippchen geschlagen, indem sie sich auf ihrem Bildschirm durch diverse Typen mit Sex- oder Liebesbedürfnis gescrollt hat. Sie waren nicht da draußen, weil sie dort waren, an ihren Tastaturen. Der nicht enden wollende Regen war schuld. Die Straßen von Paris waren wie ausgestorben. Durch ihr Fenster sah sie das triefend nasse Pflaster von Montmartre, ein paar Regenschirme von verirrten Touristen, die entschlossen waren, trotz des schlechten Wetters zu Sacré-Cœur hinaufzugehen, und das war alles. In den Cafés hatten sich wohl ein paar Pariser zum traditionellen Sonntagsbrunch zusammengepfercht, aber sie sprachen nicht mit den Leuten am Nachbartisch. Sie waren als Paar oder mit Freunden gekommen, sie brauchten niemanden zum Reden. Nein, diejenigen, die reden wollten, waren dort, das wusste sie. Als sie ihren Computer öffnete, sah sie an der Seite des Bildschirms die Gesichter vorbeiziehen, in der unteren Ecke ein grünes Symbol, das leuchtend bestätigte, dass sie online waren. Alle saßen sie dort bequem an ihren Bildschirmen, auf dem Sofa, und warteten auf ein Zeichen.

Wenn es bei ihr geklappt hatte, hieß das, dass es auch bei ihnen klappen konnte. Bei all denjenigen, die davon träumten, nach vierzig noch einmal ein neues Leben zu beginnen, trotz einer ersten gescheiterten, da zu früh eingegangenen Ehe (wie ihr Psychiater ihnen erklärt hatte), die auf einem wunderschönen, zu diesem Anlass gemieteten Anwesen in der Normandie oder im tiefsten Luberon geschlossen worden war. Die Eltern hatten willig die 40.000 Euro aus ihrem Bausparvertrag geopfert, um den Caterer zu bezahlen, und die Schwiegereltern, die unbedingt noch eins draufsetzen mussten, hatten sich das letzte Geld aus den Rippen geleiert, um als Überraschung Papierlaternen in die Luft steigen zu lassen, während die Torte angeschnitten wurde. Sie waren ziemlich stolz auf ihren Einfall, auch wenn sie wegen des Winds fast das Feld des Bauern nebenan in Brand gesetzt hätten. Es wurde bis zum Morgengrauen getanzt und sich die ewige Liebe geschworen, und das war es dann. Zehn Jahre und zwei Kinder später standen sie vor der Tür des Paartherapeuten, bei dem sie für zwei wöchentliche Sitzungen seit sechs Monaten ordentlich Geld ließen und der ihnen soeben mitgeteilt hatte: »Hören Sie, ich kann wirklich nichts mehr für Sie tun. Ich glaube, dass Sie sehr unterschiedliche Wege eingeschlagen haben, Ihr lang angestauter Groll auf den anderen sitzt zu tief, irgendwann muss man akzeptieren, dass es das Beste ist, sich zu trennen und sein Leben ohne den anderen weiterzuführen. Nur ein Anwalt kann Ihnen jetzt noch helfen, indem er Sie so gut es geht bei der Scheidung begleitet, für Ihre Kinder, aber natürlich auch für Sie selbst, denn Ihr Leben ist damit nicht zu Ende, wissen Sie! Es gibt nicht nur gelungene Ehen, sondern auch gelungene Scheidungen!«, hatte er abschließend gesagt, mit einem kräftigen Augenzwinkern, um die Atmosphäre zu entspannen und wie um ihnen zu sagen: Machen Sie sich keine Sorgen, es wird alles gut gehen.

Ihnen war die Atmosphäre egal. Hier, vor der Tür dieser Therapeutenpraxis, waren ihr Leben und ihre Träume gescheitert.

Ihre Ehe endete mit einem Einschreiben, denn sie mussten nicht einmal vor Gericht, um ihre Freiheit wiederzuerlangen. Sie hatten die Schließung der Ehe ein Jahr geplant und sie innerhalb von fünfzehn Tagen und mit einem gesalzenen Scheck für ihren Anwalt wieder aufgelöst. Eine Unterschrift genügte. Hier, ganz unten. Als ob ein Einschreiben genügte, um die Erinnerung an das Versprechen ewiger Liebe auszulöschen, einfach so, ohne vor einen Richter zu treten, der dem Ganzen einen feierlichen Anstrich gegeben hätte, nur weil die Gerichte entlastet werden mussten und Symbolik angesichts des Budgetdefizits des Justizministeriums wenig Gewicht hat.

Heute lässt man sich mit Leichtigkeit scheiden, weil man alles entdramatisieren muss, weil nichts wirklich zählt, abgesehen von der verrinnenden Zeit. Wer auf der Suche ist, wird aber bald feststellen, dass sich hinter den starren Gesichtern derjenigen, die die Behörden als »geschieden« einordnen, geschundene Seelen verbergen. Es bleibt nichts zurück außer dem Gefühl von gewaltiger Leere und Vergeudung, das nicht so schnell verschwindet.

»Ich muss trauern, verstehst du?«

Sie schaut ihre Freundin Sophie ungläubig an: »Aber du hast seit Jahren mit dieser Scheidung gerechnet! Hast du die vielen Abende vergessen, an denen du mich angerufen hast, um mir zu sagen, dass du nicht mehr kannst, dass es dir am liebsten wäre, er würde endlich ausziehen? Als du es nicht mehr ausgehalten hast, ihn direkt neben dir im Bett zu haben? Als du nachts nichts mehr geschlafen hast, weil du zu große Angst vor einer Berührung hattest, bis an die Bettkante gekrochen bist, ganz an den Rand, sodass du fast aufs Parkett gekracht wärst, um von der Stelle wegzukommen, an der er lag? Um nicht zufällig seine Haut zu berühren, die du doch jahrelang mit Genuss gestreichelt, geküsst, berührt hast, aus Angst, er könnte denken, es sei ein Wink mit dem Zaunpfahl, die letzte Chance. Hast du sie vergessen, all die Male, die ihr miteinander geschlafen habt und du vor fehlender Lust so geweint hast? Er hat die Augen geschlossen, um deine Tränen nicht zu sehen und noch ein wenig daran zu glauben, um noch einmal zu kommen, während du immer noch geweint hast. Hast du sie vergessen, die Nächte, in denen du ihm den Rücken zugedreht hast, damit er dich von hinten nahm, nur weil du es leichter fandest, zu warten, bis es vorbei war, zu warten, bis er fertig war, wenn du sein Gesicht nicht sehen konntest, wie es sich kurz vor dem Orgasmus vor Lust verzerrte, während du dich gefragt hast, wann es endlich vorbei wäre und dir vorgenommen hast, dich nie wieder zu zwingen?«

»Ich habe nichts davon vergessen. Aber als wir geheiratet haben, dachte ich, es sei für das ganze Leben. Das ist dumm, oder? Ich weiß, dass er nicht der Mann für mich ist, ich weiß, dass wir nicht mehr zueinanderpassen, ich weiß, dass ich es nicht mehr ertragen habe, wenn er mich ansah, und noch weniger, wenn er mit mir schlief. Aber, siehst du, auf den Stufen des Gerichts konnte ich nicht anders, als in seinen Armen zu weinen. Was nicht bedeutet, dass ich es bereue, ich habe um etwas anderes geweint, um meinetwillen, glaube ich.«

Sie dagegen war nie verheiratet. Aber immer, wenn sie jemanden trifft, der geschieden ist, ob Frau oder Mann, spürt sie diesen inneren Knacks, die Verwüstung durch eine erste gescheiterte Ehe, wie heftig dieses neue, zweigeteilte Leben im Rhythmus der Kinder ist, die wochenweise von einem Haus ins andere gezerrt werden, von einer Welt in die andere, von einer Erziehung in die andere. Wie brutal Abwesenheit sein kann, wenn ein Vater abends allein vor dem Fernseher sitzt. Wenn keine Türen mehr schlagen, keine Kinder mehr schreien, seine Frau nicht mehr schimpft, weil er wieder die Tennistasche im Flur hat stehen lassen. Am Ende fehlt es ihm sogar, zu hören, wie sie sich wegen einer Tennistasche im Flur beschwert. Seine neue Wohnung erscheint ihm zu groß, zu still, ohne die Familie, die seine Tage und Nächte einnahm und ihm keine Minute für sich selbst ließ. Aber nun, da er Zeit hat, weiß er nicht mehr recht, was er mit ihr anfangen soll. Er sitzt auf dem Sofa und sucht in seinen Kontakten nach jemandem, den er zum Essen einladen könnte. Als er sie durch hat, sucht er bei seinen Facebook-Freunden. Er stößt auf eine Freundin aus der Uni, eine aus den Augen verlorene Kollegin, die ihm einen Theaterbesuch vorschlägt. Er nimmt Kontakt mit ein paar alten, bereits geschiedenen Freunden auf, die ihm sagen, wie wunderbar das Leben sei, bleibt länger im Büro. Als er eines Abends von einem Essen bei einer Nachbarin aus dem gleichen Stockwerk früher heimgeht, weil er sich so sehr langweilte, traut er sich endlich. Er öffnet eine Flasche Wein, macht es sich auf dem Sofa bequem und meldet sich an. Er muss nur ein nicht allzu dämliches Pseudonym finden. Aus Erfahrung weiß er, dass das nicht so einfach ist. Traummann42 ist schon vergeben, es ist immer das Gleiche.

Ihre Laune wird von den Erschütterungen innerhalb der Patchworkfamilien bestimmt, die aus neuen Lebenspartnern und neuen Kindern, Halbgeschwistern und halb verschütteten Träumen bestehen, weil die zweite Frau nie die erste sein wird. Sie wird immer diejenige sein, die später kam, nachdem er mit der davor schon alles erlebt hat, oder fast. Die Zweite wird sich jedes Mal fragen, ob er mit der davor schon in diesem Hotel war. In jenem Restaurant. Die Zweite wird nie wieder nach Amsterdam fahren, weil sie weiß, dass er dort die Erste um ihre Hand angehalten hat. Obwohl sie Amsterdam liebt. Sie weiß, dass sie nie auf Mauritius reisen werden, weil er dort mit der Ersten auf Hochzeitsreise war. Sie weiß, dass sie ihn trösten wird, wenn er erfährt, dass die Ex schwanger ist, auch wenn er schwört, dass es ihm wirklich nichts ausmache. Sie weiß, dass sie immer die Zweite sein wird, und sie, wenn sie dieser neuen Beziehung eine Chance geben will, keine andere Wahl hat, als das zu akzeptieren.

Zur Beruhigung sagen sich alle, dass die zweite Ehe die der unendlichen Möglichkeiten ist, der Reife, der wiedergefundenen Gelassenheit. Sie würden nicht wieder die gleichen Fehler begehen, sie würden sich nicht mehr wegen der in einer Zimmerecke vergessenen Socken aufregen, wegen eines nicht abgeräumten Frühstückstellers, schließlich ist das nicht so schlimm, was bedeutet das schon, angesichts von Einsamkeit und Scheitern, von Reue und Sonntagen, die es zu füllen gilt, um sich nicht zu fragen, was sie wohl tut, sie, die er vor nicht allzu langer Zeit noch »meine Frau« nannte, die nun aber nicht mehr sein ist. Was hat sie heute Morgen eigentlich mit den Kindern gemacht, in ihrer alten Wohnung, in der er nicht ist, nicht mehr, weil er dort nicht mehr zu Hause ist? Also sucht er nach einer zweiten Geschichte. Sie wollen mit jemandem zusammen sein. Wiederverheiratet. Wie ein Facebookstatus, der besagt, dass sie am Ende nicht alles in den Sand gesetzt haben. Dieser Wunsch bringt sie dazu, auf dem Bahnsteig nach Blicken zu suchen, nach einem Zeichen auf einem retuschierten Foto oder hinter einem Pseudonym, auf einer dieser Seiten, die Träume und eine Zukunft für 69 Euro im Monat verkaufen. Einsamkeit, die Krankheit unserer Zeit, einer Welt, die Freiheit zum Dogma erhoben hat, bis man sie mit dem Handrücken wegwischte, die alten Wegweiser einer Gesellschaft, die dachte, dass man ohne den anderen nichts wert sei oder nur die Hälfte eines Ganzen. Heute ist man frei. Und oft ist man heute frei und allein.

Doch sie ist nicht mehr allein.

Es ist der 1. September 2015.

3

»Mir gefallen Absätze besser, aber wenn du in Ballerinas auftauchst, gefällst du mir auch, glaube ich.«

Sie schreiben sich seit zehn Tagen. Zu Anfang Nichtssagendes. Nur um ein wenig mehr Klarheit zu bekommen, um nicht in die Falle eines Dates zu tappen, das zehn Minuten später ein abruptes Ende nimmt. Sie klammern sich an das kleinste Indiz, das ihnen versichert, dass sie sich nicht irren.

»Moment mal, er macht keine Rechtschreibfehler, den darf ich mir nicht durch die Lappen gehen lassen, er gehört zu einer aussterbenden Art.«

Die Renaissance des schriftlichen Flirts hat zumindest den Vorteil, dem Duden zu neuer Ehre zu verhelfen. Wie viele Flirts wurden wohl wegen eines falsch konjugierten Verbs abgebrochen?

Ihre Freundin Sophie lacht sie freundlich aus. Sie gehört zu den letzten, die sich eisern weigern, sich von der Einfachheit einer Begegnung über die Tastatur verführen zu lassen. Das Ergebnis ist, dass sie seit Monaten keinen Mann mehr im Bett hatte, aber dieser besondere Status verschafft ihre eine gewisse Legitimität, um über diejenigen herzuziehen, die sich gleich nach dem Aufwachen auf die Nachrichten der einsamen Schlaflosen stürzen, während sie mit halbem Ohr die Morgennachrichten im Radio hören.

»Er hat mir erzählt, dass er oft am Wochenende nach New York fliegt, um Jeans zu kaufen.«

»Noch so ein Kerl, der sich ein Leben erfindet.«

»Vielleicht stimmt es …«

»Hast du ihn gegoogelt?«

»Natürlich, er ist Schuster in Neuilly.«

»Es gibt wirklich wenige Schuster, die samstags in Manhattan shoppen gehen, nur um eine Jeans zu kaufen, aber gut, das ist so überzogen, dass du denkst, dass er sich so was nicht ausdenken kann. Das klingt nach einem echten Lebenskonzept, seine Jeans samstags in New York zu kaufen, mit einem Schustertypen aus Neuilly.«

»Machst du dich über mich lustig?«

»Überhaupt nicht.«

Sie und der Unbekannte schreiben sich weiter, um zu überprüfen, ob sie die gleichen Wertvorstellungen haben. Die gleichen Bezugspunkte. Man fühlt vor, beschnüffelt sich, als ob so ein animalisches Ritual ein zwingender Schritt wäre, um ein gelungenes Verlassen der virtuellen Sphäre zu garantieren.

»Er hört den Jazzsender.«

»Und schaut natürlich Arte?«

»Ich weiß nicht.«

»Wie doof – wenn alle Typen, die in Dating-Portalen behaupten, den Jazzsender zu hören und Arte zu schauen, es wirklich täten, wären das Massenmedien …«

»Stimmt schon.«

»Und ich nehme an, dass auf seinem Nachttisch *Die Schöne des Herrn* und das neueste Philosophiebuch von Edgar Morin liegen?«

Sie hat ihn noch nie gesehen. Anfangs hatte sie tatsächlich keine große Lust, ihn zu treffen. Er schreibt ihr, dass sie die einzige Frau sei, an der sein Blick haften geblieben sei, und das inmitten der tausend anderen Gesichter, die den ganzen Tag auf seinem Blackberry vorbeiziehen, damit er nicht bis zum Abend warten muss, um zu wissen, ob er mit der möglichen Frau seines Lebens gematcht hat. Man kann an der roten Ampel nachschauen. In der Supermarktschlange. Im Aufzug. In einem Meeting mit einem wichtigen Kunden, während man vorgibt, eine relevante Information zu überprüfen. Immer. Wie ein Drogensüchtiger, den es nach hypervernetzter Liebe dürstet.

Er sagt ihr wieder, dass sie die Einzige sei. Sicher hat er das Gleiche noch zweihundert anderen geschrieben. Aber es zu glauben, kostet nichts.

In ihr Profil hat sie geschrieben: *»Sie weiß nicht genau, was sie sucht. Sie weiß, welches Leben ihr gefällt: Die Energie von New York, der Morgennebel hinter den Fenstern, wenn der andere noch schläft, erschöpft von den Freuden der letzten Nacht, Fußspuren im Sand, ein Buch, das Geräusch von Absätzen auf einem Pariser Bürgersteig. Sie weiß, was ihr nicht gefällt: Die überfüllten Mittelmeerstrände, tätowierte Männer mit lauten Stimmen, die ihre Black Card zücken, als würden sie Penislängen vergleichen.«*

Wenn sie sich umschaut, hat sie den Eindruck, dass alle in Paarbeziehungen sich langweilen. Voreinander fliehen. Sich anschauen, ohne sich zu sehen. Sich streifen, ohne sich zu berühren, vorgebend, dass sie die Anfänge, als sie sich nächtelang streichelten, vergessen haben. Manche haben resigniert. Andere suchen ihre Dosis Gänsehaut und Gefühl woanders, bei gestohlenen Rendezvous. Sie hat noch nicht resigniert. Sie hat Lust zu fühlen, wie sich ihr Körper öffnet, der Schwindel sie erfasst, ihr den Kopf verdreht, diese Sache, die dazu führt, dass alles egal ist und nur noch der andere existiert, sein Mund, sein Geschlecht, seine Haut. Sie will keine banale Bettgeschichte, sonst würde sie sich einfach einen Abend lang an den Tresen unten in der Bar setzen. Auch das Konzept von Freundschaft plus hat sie nie verstanden. Also hat sie keinen Sex. Oder nicht mehr.

Seine erste Nachricht war so banal, dass sie hätte heulen können. Rasch warf sie einen Blick auf sein Profil. Blond und Ingenieur. Sie mag weder Blonde noch Ingenieure. Freundlich antwortete sie, dass sie ihm alles Gute wünsche. Woanders. Er ließ nicht locker. Sie erhält ein paar Zeilen, antwortet schmallippig, aus Höflichkeit, sicher auch, um in dieser virtuellen Welt einen Hauch Menschlichkeit walten zu lassen, oder weil man ja nie weiß und man dem Schicksal immer eine Tür offen halten sollte, damit es seine eigene Geschichte schreiben kann. Einen Monat später bringt eine Nachricht von ihm sie zum Lächeln. Irgendeine Sache mit Schuhen. Ihr Abonnement läuft ab. Sie wird es nicht erneuern. Also denkt sie, warum nicht.

Es ist der 1. Juni 2015.

4

»Ein Glas Wein?«

»Okay.«

»Und Abendessen?«

»Ein Glas Wein.«

»Ein Glas Wein und dann Abendessen?«

»Ein Glas Wein, und dann sehen wir weiter.«

»Heute Abend?«

»Ich bin schon zum Essen eingeladen.«

»Ein Glas Wein nach deinem Essen?«

»Okay.«

»Ich warte in der Hotelbar vom Bristol auf dich.«

»Ich trage Ballerinas.«

»Ist mir egal. Ich träume von dir in hohen Schuhen, aber ich glaube, du wirst mir auch in Ballerinas gefallen.«

Sie kommt in hohen Schuhen. Er sitzt an der Bar des Bristols. Das ist nicht sein erstes Getränk. Sie denkt sich nichts dabei. Später, viel später, versteht sie, dass er zu schnell trinkt. Später wird sie den Riss sehen. Aber an dem Abend sieht sie nur ihn. Sie kommt in die Bar vom Bristol, er schaut sie an und lächelt. Sie weiß, dass es gelaufen ist. Sie gehört ihm.

»Gehen wir raus, eine rauchen?«

»Wenn du willst.«

»Rauchen wir eine am Ende der Welt?«

»Wenn du willst.«

»Fahren wir morgen früh los?«

»Wenn du willst. Wann du willst. Wie du willst.«

»Was sucht eine Frau wie du in einem Dating-Portal?«

»Spar mir diese Oberflächlichkeiten. Das Gleiche wie alle anderen.«

»Mich.«

»Wer weiß.«

Er schaut sie sehr sanft an. Er sitzt auf einem Metallstuhl im Hof des Bristols. Die Fassade des Hotels ist erleuchtet.

Das muss mindestens sein fünftes oder sechstes Glas sein. Er raucht.

»Ich lasse dich nicht mehr gehen.«

»Auch wenn ich Ballerinas trage?«

»Sogar barfuß.«

In Gedanken sagt sie sich immer wieder, dass sie sich beruhigen muss, dass solche Begegnungen immer verfälscht sind. Das Virtuelle ist ein Teilchenbeschleuniger, eine Atombombe, die auf der Erde zerschellt. Alles geschieht im Zeitraffer: das erste Treffen, die Gefühle, die Trennung. Liebesgeschichten, die rasch verglühen. Man liebt sich, bevor man sich gesehen hat. Man schläft miteinander, bevor man sich berührt hat. Facebook weiß alles über unser Leben, bevor wir es erzählen. Und wenn man sich endlich sieht, verlässt man sich. Der Traum zerschellt an der Realität. Seinem Schicksal kann man nicht entgehen, daran ändert auch ein Dating-Portal nichts.

An dem Abend weiß sie das alles. Sie ist misstrauisch. Nein, eigentlich ist sie nicht misstrauisch. Sie schwebt, wirbelt, flattert, als würde sie über Wasser gehen, als hätte sie vor nichts mehr Angst. Sie weiß, dass man es vorsichtig angehen muss und stürzt sich mit gesenktem Kopf hinein, weil niemand aufhören will und kann, daran zu glauben. Bei ihrer Suche ist ihr Tausende Male übergroße Einsamkeit begegnet, bei allen, die versuchen, ihr tiefes Bedürfnis nach Zweisamkeit zu verbergen, nach einem Ende der Sonntage allein, der Morgenstunden allein, der Ferien allein, der zwölf Schläge um Mitternacht unter dem Mistelzweig allein, wenn man nicht weiß, wohin sich wenden, weil zuerst die Paare sich küssen und umarmen. Dieses in ihren Körper eingeschriebene Bedürfnis dringt durch jeden Blick, durch jedes Wort. Diese verzweifelte Sehnsucht nach einem anderen Menschen. Diese Dringlichkeit zerschlägt jegliche Auffassung einer sich normal entwickelnden Liebesgeschichte. Jegliche Maßstäbe. Zerschlägt Raum und Zeit. Sie sind nach einem Glas Wein schon verrückt nacheinander. Verlieben sich bei einer Tasse Kaffee. Wollen nach dem ersten gemeinsamen Abendessen heiraten.

»Ich bin Witwer.« Stille.

»Ich hatte sie kurz zuvor verlassen.« Stille.

»Sie war seit Jahren depressiv. Ich hatte sie gerade verlassen. Sie hat sich umgebracht.«

Sie schaut ihn an.

»Sie hat sich in unserem Treppenhaus aufgehängt. Wir haben im vierten Stock gewohnt. Ich fand sie mit baumelnden Füßen im Treppenhaus. Da hing sie, zwischen dem dritten und dem vierten Stock, als hätte sie auf mich gewartet. Sie hat sich mit einem Schal erhängt, den ich ihr zum letzten Geburtstag geschenkt habe. Wir waren zum Reden verabredet. Als ich sie fand, war sie tot. Ihr Mund stand offen. Ihre offenen Augen haben irgendwas angestarrt. Die Leere. Ich habe geglaubt, dass sie noch lebt, aber sie war schon gegangen. Da war schon nichts mehr. Es war vorbei, sie war tot. Verstehst du, was ich sage? Sie ist tot. Ich habe Monate gebraucht, um es auszusprechen, weißt du. Sie ist tot. Da ist nichts mehr. Nur noch Leere. Vorbei.«

Das wirft er ihr hin, speit seine Vergangenheit regelrecht aus, wie um sie loszuwerden. Er glaubt, mit zwei Sätzen fünfundzwanzig Jahre seines Lebens abzustoßen. Er spricht schnell. Schaut sie nicht an. Er nimmt einen Schluck Wein. Trinkt das ganze Glas. Und das nächste. Er spricht immer noch schnell. Erzählt immer weiter. Die Worte strömen aus ihm heraus. Wie entfesselt. Manchmal stockt er bei dem Versuch, das Unerklärliche zu erklären: Wie es mit einer vierzigjährigen Frau, Mutter von zwei Söhnen, so weit kommen konnte. Er erzählt von den brüllenden Kindern. Der Beerdigung. Vom in die Erde sinkenden Sarg. Von den Abenden, an denen er trank. Den durchwachten Nächten, in denen er nach einem Grund sucht, den es nicht gibt. Von ihrem Mantel, der im Flur hängt, den niemand abnehmen will, als ob sie wiederkommen könnte, solange er nur noch da hängt. Von der Lust, sich aus dem Fenster zu stürzen, um nicht derjenige zu sein, der zurückbleibt. Von dem nagenden, zerfressenden, erstickenden Schuldgefühl. Das die Eingeweide zuschnürt, weil du den Kindern nicht ersparen kannst, ihre Mutter nie wieder zu sehen. Deine Kinder, die nach ihr fragen. Deine Kinder, die weinen, oder schlimmer, nicht weinen, weil sie deine Tränen nicht provozieren wollen. Ihre Stimme auf dem Anrufbeantworter, die du ganze Abende in Endlosschleife anhörst, der Abend, an dem du endlich den Anbieter anrufst, um den Anschluss stillzulegen und ihre Stimme nicht mehr den ganzen Abend lang anzuhören. Die Kinder, die fragen, ob Maman gegangen sei, weil sie sie nicht geliebt habe. Und du, der ihnen immer wieder sagt, ganze Abende lang, dass sie sie natürlich geliebt habe, natürlich, dass Maman krank gewesen sei, denn wenn man nicht krank sei, würde man zwei kleine Jungen nicht einfach zurücklassen, mit leerem Kühlschrank. Die Nummer des Kinderarztes, die du nie eingespeichert hattest, weil du dich vorher nie um die Termine gekümmert hast. Die Leere. Immer wieder schlaflose Nächte, in denen du im Kopf abspielst, wie du es hättest verhindern können, obwohl es nichts mehr nützt, weil es zu spät ist. Sie ist tot. Leere. Nichts mehr. Vorbei.

Sie hat sich im Treppenhaus aufgehängt, kurz bevor die Kinder aus der Schule kamen.

Ihr Bett war leer, ihr Schrank voll.

Er spricht, trinkt, spricht, trinkt, speit sein Leben aus, wie man dem Nebenmann den Schwarzen Peter zuspielt. Er sieht nicht, dass sie wie gelähmt ist von dieser Gewalttat einer Mutter, die sich in ihrem Treppenhaus erhängt, in dem Wissen, dass nur einige Zeit später ihre zwei Jungen aus der Schule kommen werden und sie nicht mehr da sein wird. Nie wieder. Nicht, um ihnen ihr Schulbrot zu machen, nicht, um sie zu lieben.

Nur er wird da sein. Der sie verlassen hat und nun zurückkommen muss, weil sie entschieden hat, in diesem Treppenhaus zu sterben. Das ist das einzige Mittel, das sie gefunden hat, um ihn zurückzuholen. Er kam zurück, wie er gegangen war, mit seinen zwei Koffern, zurück in diese Wohnung, die er verlassen hatte. Das hat ihm der Therapeut gesagt. Sie müssen dortbleiben, Monsieur, der Kinder wegen. Jeden Tag durch dieses Treppenhaus gehen.

Ein Jahr später sitzt er an der Bar des Bristol, mit diesem nagenden, ihn zerfressenden Schuldgefühl. Das ihn hindert, die Augen zu schließen, ohne sie dort hängen zu sehen. Dieses Schuldgefühl, das er versucht wegzuspülen, indem er sich jeden Freitagmorgen um viertel nach acht im ersten Stock eines prunkvollen Wohnhauses in einer kleinen Straße in Saint-Germain-des-Prés auf die Couch legt. Oder mit einer Flasche Burgunder.

Jeder hätte den Riss gesehen. Das Risiko. Die Zerbrechlichkeit.

Nicht sie.

Er hat alles gesagt. Er schließt einen Moment die Augen. Wie um ihr die Gelegenheit zu geben, abzuhauen. Wenn sie immer noch da ist, wenn er sie wieder öffnet, heißt das, dass sie ernsthaft daran denken können, die nächsten vierzig Jahre gemeinsam zu verbringen.

»Hast du Angst?«

»Nein.«

Es ist kurz nach ein Uhr morgens, als sie in ein nach Kotze stinkendes Taxi steigen. Sie waren geblieben, bis die Bar schloss. Sie gibt dem Fahrer ihre Adresse, sie sitzen an entgegengesetzten Enden der Rückbank. Sie verschlingen sich mit den Augen. Er schiebt seine Hand unter ihren Rock. Der Fahrer überwacht sie im Rückspiegel.

30, Rue Paul-Albert.

Er reicht einen Zwanzig-Euro-Schein nach vorne.

Sie stoßen die Haustür auf. Er drückt sie an die Wand, Gipsstückchen fallen zu Boden. Sie gehen nach oben. Können dabei nicht voneinander lassen. Kommen in den dritten Stock. Ihre Tasche wird auf Links gedreht. Sie sucht ihre Schlüssel. Sie schiebt die Tasche mit dem Fuß ins Innere der Wohnung. Er stößt sie beinahe. Knallt die Tür zu. Sie zieht ihn ins Schlafzimmer.

Drei Stunden später lässt er sie im Halbschlaf in zerknitterten Laken zurück. Seine Söhne sind allein zu Hause. Er hat es nicht geschafft, mit ihr zu schlafen. Sie schiebt es auf den Alkohol. Sie hört die Wohnungstür zuschlagen, seine Schritte auf der Treppe. Sie nimmt ihr Handy und schickt an Sophie:

»Ich glaube, dass ich den Mann meines Lebens getroffen habe.«

Es ist der 6. Juni 2015.

5

Es geht alles sehr schnell. Am nächsten Abend lädt er sie zu sich nach Hause ein. Sie lernt seine Söhne kennen. Sie ist offiziell nur eine Freundin, die zum Essen kommt. Doch sie sind nicht blöd. Ein paar Tage später lernt er ihre Tochter kennen. Sie sieht ihre Mutter zum ersten Mal mit einem Mann. Sie selbst hat immer gedacht, dass auch die Kleine sicherlich gern eine Familie hätte. Oder vielleicht hat sie bei ihrer Achtjährigen auch ihre eigene Sehnsucht gesehen. Wie auch immer, es zählt allein, dass alle den Traum von diesem neuen Leben mittragen.

»Papa, werden wir bei ihnen wohnen?«

»Was hältst du davon?«

»Ich denke, es wäre nicht schlecht, ein paar Frauen im Haus zu haben.«

Sie kürzt ihren Urlaub in Griechenland ab, um irgendwo in Italien, in Apulien, zu ihm zu stoßen. Er hat mit Freunden ein großes Haus gemietet. Den August verbringen sie bei seiner Familie in der Bretagne und in den Niederlanden. Sie schiebt ihre Vorliebe für ferne Ziele beiseite und verbringt zum ersten Mal ihren Urlaub in Frankreich. Sie gewinnt seine Söhne für sich, lernt wieder, wie das ist, das Leben zu zweit, die schlaflosen Nächte, Gelächter am Flughafen, das vom Mann getragene Gepäck, manchmal auch das fehlende Alleinsein. Zu keinem

Zeitpunkt setzen sie sich zusammen und fragen sich, wie das nach dem Sommer weitergehen soll. Als wäre alles vorherbestimmt. Als wäre es offensichtlich. Er träumt davon, diese Wohnung zu verlassen, in der sich seit dem Tod seiner Frau nichts verändert hat. Dieses Zimmer, in dem ihn jede Nacht die Geister heimsuchen. Dieses Haus, das ihn jeden Tag daran erinnert, dass sie hier entschieden hat, ihn bezahlen zu lassen. Es gefällt ihr nicht besonders, dort zu sein. In diesem Bett zu schlafen. In diesem Bad zu duschen. Sich in diesem Spiegel anzusehen. Diese Schränke zu öffnen, in denen noch ihre Kleidung auf den Bügeln hängt.

Sie tasten sich den Sommer über vor, sehen zwischen Spaziergang und Tennispartie versuchsweise die Immobilienanzeigen durch. Nichts Konkretes. Das Ende des Sommers scheint in weiter Ferne zu liegen, und zugleich wissen sie, dass ihnen dieser Schritt nicht misslingen darf.

»Die Jungen müssen mit dem Bus zur Schule fahren können, und Milly muss weiterhin zu Fuß gehen können.«

»Wir werden schon etwas finden, Schatz, hör auf, dir Sorgen zu machen.«

»Ich mache mir keine Sorgen, aber ich kann dir sagen, dass die Agenturen, die ich angerufen habe, nur noch eine große Wohnung zu vermieten haben. Normale Menschen suchen im Juni, nicht im September.«

»Ich verspreche dir, dass wir etwas finden werden. Ein Freund von Stéphane vermietet ein Haus in der Villa Léandre, weißt du, wo das ist?«

»Natürlich, das ist eine kleine Gasse bei der Avenue Junot, da an der Ecke gibt es das Chez Michel, wo wir mit den Kindern Burger essen gehen. Dort ist es wirklich wahnsinnig schön: die kleinen Backsteinhäuser in den verschiedenen Farben, es ist zum Dahinschmelzen. Aber das liegt, glaube ich, über unserem Budget, außer der Vermieter ist der einzige in Paris, der den Mietspiegel respektiert. Da sind die Chancen, im Lotto zu gewinnen, größer.«

»Dem Besitzer mangelt es nicht an Geld, er hat gerade ein Gebäude auf der Île Saint-Louis gekauft. Stéphane sagt, dass er vor allem jemanden sucht, der vertrauenswürdig ist, weil er in dem Haus aufgewachsen ist.«

»Wenn das klappt, wäre das zu verrückt.«

»Nichts ist für uns zu verrückt, meine Liebste.« Meine Liebste.

Die beiden Worte klingen in ihrem Kopf nach, als prallten sie von den Wänden ab wie eine Fledermaus, die sich nachts in ein zu helles Zimmer verirrt. Kann man jemanden nach vier Monaten lieben und dann …

Er nennt sie meine Liebste, und sie findet es jedes Mal schön.

Das Haus liegt versteckt am Ende einer Sackgasse. Man biegt in der Rue Caulaincourt, kurz vor der Place Constation-Pecqueur nach rechts ab, geht ein Stück die Avenue Junot hoch, wo der Bus die Touristen aus der ganzen Welt ablädt, damit die die schönen Art-Déco-Fassaden von Montmartre bewundern können. Das Viertel ist sehr schick. So ein Ort, von dem es heißt, dass die Bewohner es auf jeden Fall geschafft haben. Auf jeden Fall glücklich sind.

Zwei Wochen später haben sie die Schlüssel.

Sie räumt ihre Wohnung aus. Er bringt fast nichts mit. Er sagt, dass er nichts aus seinem alten, tränenreichen und leidvollen Leben behalten will. Nichts mitnehmen, als ob das genügen würde, um einen Schlussstrich unter das

Vergangene zu ziehen. Sie dagegen bringt ihr Leben mit, ihre Bücher, ihre Möbel, ihre Teelöffel, ihre Unterwäsche. Der Umzug ist fröhlich wie das Leben, das vor ihnen liegt. Sie machen ein Foto, auf dem sie zu fünft auf den Stufen vor der dunkelblauen und goldenen Eingangstür sitzen. Sie, er, die Kinder. Sie lächeln, wirken glücklich. Sind da schon Spuren von Traurigkeit, tief in seinen Augen? Mit Sicherheit. Sieht sie es nicht oder will sie es nicht sehen? Nein, sie sieht es nicht.

An jenem Tag machen sie ein Foto zu fünft, und sie wirken wie eine Patchworkfamilie aus dem Bilderbuch. Sie retuschiert es ein wenig, damit das Blau noch blauer, das Gold noch goldener ist, ihre Gesichter noch gebräunter sind. Sie stellt das Bild auf Facebook, damit alle ihre Freunde es bewundern können, und wählt »zufrieden« als Status aus, mit einem kleinen gelben Emoji, das Sterne in den Augen hat. Sie bekommt dafür eine Rekordmenge an Likes.

An jenem Tag kann sich niemand vorstellen, dass schon sechs Monate später erneut die Umzugswagen vor dem kleinen Haus aus rotem Backstein halten werden.

Es ist der 8. September 2015.

6

Sie gewöhnt sich an Abende mit den Kindern eines anderen, die nicht ins Bett wollen, den Fernseher laufen lassen, an Wochenenden mit den Kindern eines anderen, wenn ihre Tochter nicht bei ihr ist. Sie macht sich mit Zugeständnissen und Kompromissen vertraut. Abendessen zu fünft, Frühstück zu fünft, fehlende Zeit für Berührungen. Mit der Notwendigkeit, ins Kissen zu beißen, wenn er sie nimmt, um nicht zu schreien. Mit knarrendem Parkett, frühen Morgenstunden, in denen er sanft ihre Beine spreizt, um besser dazwischen zu gleiten, kurz bevor sie aufwacht. Sie kommt schnell. Er sagt: »Schon? Aber das ist nicht möglich, wie kannst du so schnell, so heftig kommen … ich wäre so gern du, nur kurz, um dich zu spüren …« Er drängt sich an sie und murmelt »Guten Morgen, meine Liebste« in ihr Ohr. Sie gewöhnt sich mehr oder weniger an das Türenknallen wegen eines versagenden Handys. An das Chaos im Haus, sie, die es ordentlich mag. An die Nutellagläser, die offen auf dem Esstisch stehen bleiben, als ob Samantha aus »Verliebt in eine Hexe« danach vorbeikäme und mit einem Wink des Zauberstabs alles wegwischte. An das abendliche Vertragen. Sie lernt die Höhepunkte des Lebens als Patchworkfamilie kennen. Und die Tiefen.

»Ich mag dein Sofa, ich will es behalten.«

»Aber es ist rot.«

»Ich mag es gerade, weil es rot ist.«

»Aber rote Möbel regen auf, das steigert die Spannung im Haus.«

»Mach dir keine Sorgen, ich werde einen Weg finden, um sie zu lösen.«

Zunächst denkt sie, es würde einfach werden. Dass die Teile des Puzzles sich auf natürliche Weise zu einem Ganzen fügen werden, um ihrer Geschichte Gestalt zu geben, so wie er sich mit ihr nachts zu einem Ganzen zusammenfügt. Aber so einfach ist es nicht. Das rote Sofa passt, wie vermutet, nicht zu ihrem, »nein, aber es stimmt, du kannst nicht einfach das Gegenteil behaupten!«. Der Fernseher läuft ununterbrochen. »Können wir nicht zumindest den Ton abstellen, da ja keiner hinschaut?« Sein Mittagsschlaf raubt ihnen die Samstagnachmittage, obwohl sie gern durch Paris spazieren würde. »Kannst du denn nicht verstehen, dass ich nach so einer höllischen Woche kaputt bin?« Die Kinder gehen zu Unzeiten ins Bett, obwohl sie davon träumt, dass sie früh verschwinden, damit sie die Abende ihrer Liebe widmen können.

»Wenn ich abends keine Zeit mit ihnen verbringe, wann soll ich sie dann sehen?« – »Und wir? Wann sehen wir uns?«

Sie schreit. Niemand hört sie. Vielleicht weil sie im Stillen schreit, in ihrem Inneren, um das Bild der perfekten Familie nicht zu zerschlagen. In den dämlichen Zeitschriften, die sie in ihrer Freizeit liest, also nicht sehr oft, nennen sie das »Mental load«. Sie wehrt sich und sagt sich wieder und wieder, dass die anderen es auch schaffen, also warum nicht sie. Am Schultor beobachtet sie unauffällig die anderen Mütter, die drei Kinder haben, und fragt sich, ob diese ein eigenes Leben haben. Sie selbst hatte immer ein eigenes Leben, sie mit ihrer Tochter. Sie war immer frei und plötzlich ist sie gefangen von den Wünschen und Bedürfnissen der anderen, die mit einem Mal über ihren stehen. Sie vergisst sich selbst in diesem Leben für die anderen. Sie verliert sich. Sie geht unter. Das *Wir* lässt das *Ich* langsam zugrunde gehen.

Sie wollte genau das Gegenteil. Letztendlich hat sie das gleiche Leben wie vorher, nur zu fünft. Sie organisiert. Sie stockt die Stunden der Putzhilfe auf. Es sind nie genug. Das Haus ist riesig. Der Appetit der Kinder ist riesig. Die Körbe mit der Schmutzwäsche füllen sich wie durch Zauberhand über Nacht, und sie hat das Gefühl, zur Chefbeauftragten des Wäscheservices eines großen Pariser Hotels ernannt worden zu sein.

»Ist es ernsthaft zu viel verlangt, eure nassen Handtücher aufzuhängen, anstatt sie zusammengeknüllt auf dem Boden liegen zu lassen, oder eure Mäntel und Schuhe in die Garderobe am Eingang zu räumen?«

»Wir werden uns schon einspielen, Schatz. Warum meldest du dich nicht bei dem Theaterkurs an, zu dem du montagabends wolltest, so hättest du einen Abend für dich, das würde dir guttun, nicht?«

»Ich sage dir, dass ich am Durchdrehen bin, und du sagst mir, ich soll Theater spielen?«

»Aber ja doch! Ich kann mich einen Abend in der Woche um die Kinder kümmern. Ich schreibe mir das sofort in den Kalender, so weißt du, dass du den Montagabend für dich hast.«

»Du wirst einen Abend pro Woche reservieren, um dich um die Kinder zu kümmern? Was soll das heißen? Dass ich die anderen sechs Abend in meinen Kalender eintrage, an denen ich mich um die Kinder kümmere?«

Früher schlief sie so gut, nun wacht sie um vier Uhr morgens auf und starrt bis zum Morgengrauen an die Decke. Er schläft tief und fest neben ihr, denn seit sie zusammenleben, schläft er wieder gut. Das Prinzip der kommunizierenden Röhren.

»Was hast du denn gedacht? Dass ihr jeden Tag auf dem Tisch tanzt und die übrige Zeit hübsche Fotos auf der Vortreppe eures hübschen Hauses macht, um sie auf Facebook zu stellen?«

»Nenn mich einfach eine Idiotin, das geht schneller.« Sophie schüttelt den Kopf. »Aber du wusstest doch genau, dass eine fünfköpfige Familie in Vollzeit kein Spaziergang wird, das ist nicht nur eine Idee, das muss jeden Tag organisiert werden. Drei Jungs, hast du dir das klargemacht? Du warst mit Milly allein und jetzt hast du drei Jungs, zudem Halbwaisen, drei, die mit einem Mal da sind, und du dachtest, dass das schon läuft? Wie hast du das nur glauben können? Er ist gebrochen, hast du sein Gesicht gesehen? Er fängt gerade erst an, nach und nach, Jahre in der Hölle hinter sich zu lassen. Er legt sie in deine Arme. Du trägst sie. Du begleitest ihn. Du hörst ihm zu. Du liebst ihn eben.«

»Und was trägt er?«

»Er tut, was er kann. Er hilft dir. Er ist ein Kerl. Ein Kerl trägt nichts. Der hilft nur.«

»Ich will einen Mann, der mitträgt. Ich will keinen Mann, der hilft. Ich will keinen zerbrechlichen Mann, sondern einen, auf den ich mich stützen kann. Scheiße, sie sind doch seit Urzeiten Familienoberhäupter.«

»Die Zeiten sind vorbei. Anscheinend hat man ihnen die Eier abgeschnitten. Und wir haben es anscheinend verdient. Dass die Männer entmannt, geschwächt sind. Dass sie ihren Platz, den wir ihnen genommen haben, nicht wiederfinden. Wir wollten unsere Freiheit und nun müssen wir damit leben.«

»Aber ich wollte nie ihren Platz!«

»Aber ja doch, das strahlst du mit deinem ganzen Wesen aus. Du hast alles im Griff, und er liebt dich und sieht dir dabei zu. Das ist wunderbar modern, dieses neue gesellschaftliche Gleichgewicht.«

»Das neue gesellschaftliche Gleichgewicht kann mich mal. Die moderne Welt kann mich mal.«

»Das stimmt doch nicht, du repräsentierst sie.«

Sie weiß nicht, wann die Gesellschaft gekippt ist. Sie glaubt nicht, dass sie viel dafür kann. Sie wäre gern ein kleines, fragiles Etwas, um das man sich kümmert wie um einen Edelstein. Sie würde sich gern auf jemandem verlassen können. Stattdessen bestellt sie ein Uber, damit ihre Kinder zu ihrem Fotografie- oder Klavierunterricht kommen, während er schläft. Sie ist ihm nicht böse. Sie liebt ihn. Sie sagt sich, dass das alles nicht wichtig ist. Dass sie nicht alles hinwerfen wird wegen eines Uber-Taxis. Sie beißt die Zähne zusammen. Sie lebt mit dem gefährlichen Gefühl, eine Rolle eingenommen zu haben, die sie nicht wollte.

Als sie jung war, plädierte sie bei Abendessen für die Freiheit und Unabhängigkeit der Frau, und zwar auf sexueller, finanzieller und emotionaler Ebene. Zehn Jahre später verteidigt sie die Wiedereinführung der traditionellen Rollenbilder.

»Hast du mit Marie gesprochen?«

»Nein, wieso?«

»Ruf sie an, es geht ihr nicht besonders.«

»Wurde das Urteil verkündet?«

»Gestern. Sie ist zu einer Zahlung von 30.000 Euro Zugewinnausgleich verurteilt worden, und sie hat nicht einen Cent.«

»Das ist doch Wahnsinn. Kann sie zumindest in Berufung gehen?«

»Ihr Anwalt meint, das würde nichts nützen. Er ist immer noch wegen Depression krankgeschrieben. Er verdient nichts mehr. Sie hat keine Chance zu gewinnen. Sie wird einen Kredit aufnehmen, um ihn auszuzahlen.«

»Du meinst, dass wir uns um die Kinder kümmern. Arbeiten. Uns um den Haushalt kümmern. Um sechs Uhr morgens Crunches über Zoom machen, bereit, uns den Rücken kaputt zu machen, um attraktiv zu bleiben. Zum Friseur rennen, um Strähnchen machen zu lassen, sobald wir drei weiße Haare auf dem Kopf haben, während wir ihnen zuraunen, dass sie mit ihrem grau melierten Schopf noch charmanter aussehen als vorher. Ihnen abends einen blasen, damit sie sich vor dem Einschlafen entspannen. Um ihnen dann, wenn wir genug haben und abhauen, einen Zugewinnausgleich zu zahlen, weil sie wegen einer Midlife-Crisis aufgehört haben zu arbeiten? Schenk mir noch ein Glas ein, bitte.«

Ihr Kerl hat keine Depression, er lässt sogar schon mal seine wöchentliche Sitzung beim Psychologen sausen, weil er nicht mehr so recht Lust hat, sich auf die Couch zu legen. Er sagt, es gehe ihm gut. Dass er sein neues Leben vollkommen annehme. Dass er, verdammt, endlich das Recht habe, glücklich zu sein. Dass er es nun wisse. Dass es ihm egal sei, was die Leute denken. Dass er sich keine Vorwürfe mehr mache. Keine Albträume mehr habe. Dass er nur bereue, sie nicht früher getroffen zu haben.

»Bist du sicher, dass es nicht ein bisschen früh ist, um mit den Sitzungen aufzuhören? Was sagt dein Psychologe dazu? Hast du ihn nach seiner Meinung gefragt?«

»Er denkt, dass ich so einiges zu klären habe, und ich denke, dass ich genug davon habe, ständig das Gleiche durchzukauen. Du tust mir gut, nicht er.«

»Aber ich bin kein Psychologe.«

»Du bist besser. Du bist mein Sonnenschein. Ich liebe dich wie verrückt. Jeden Tag ein bisschen mehr. Jedes Mal, wenn ich dich lächeln sehe, ein bisschen mehr. Jedes Mal, wenn ich deinen Duft einatme, dich verschlinge, jedes Mal, wenn ich dich kommen sehe, ein bisschen mehr ...«

»Und auch jedes Mal ein bisschen mehr, wenn ich Spülmaschinentabs kaufe?«

»Oh Mist, das habe ich vergessen. Tut mir leid. Aber ich kann vielleicht dafür sorgen, dass du mir verzeihst.«

»Und wie?«

Er drängt sie an die Wand im Hausflur, schmiegt sein Gesicht an ihren Hals.

»Geh nach oben. In unser Schlafzimmer. Zieh dich aus. Behalte nur deinen Slip an. Leg dich aufs Bett. Schließ die Augen und warte auf mich ... Und ich verspreche, dass ich dich entschädige.«

Sie geht nach oben. In ihr großes, ganz weißes Schlafzimmer unter dem Dach. Sie zieht sich aus. Behält nur ihren Slip an. Setzt sich an die Bettkante. Spreizt langsam die Beine. Spürt, wie ihr ganzer Körper erwacht. Sich spannt. Sie schließt die Augen. Hört den Türknopf.

Sie stöhnt.

Er kommt zu ihr und streichelt sie sanft zwischen den Beinen. Zieht ihr den Slip aus. Dringt mit einem Mal in sie ein. Ganz tief. Packt ihre Hüften. Sie krümmt sich, damit er noch tiefer in sie dringt, noch weiter, bis sie kommt …

Sie beißt ins Kopfkissen. Die Kinder sind unten und schauen fernsehen. Sie hasst den Fernseher, aber letztendlich ist das nicht so wichtig. Mit einem letzten Stöhnen sackt er auf ihr zusammen. Küsst ihre Schulter. Flüstert ihr zu, dass sie die Frau seines Lebens sei und er die Spülmaschinentabs kaufen werde, versprochen. Sie lächelt, aus ihren Augen strahlt noch die Erregung.

»Schatz, es ist so kompliziert, weißt du, du machst alles so schnell. Du lässt den anderen keine Zeit, die Dinge zu erledigen, und nachher beschwerst du dich, weil du alles selbst machst.«

»Das stimmt, aber bis April zu warten, um die Zugtickets für die Ferien im Februar zu kaufen ist schon ein Risiko.«

Nach und nach gerät Sand ins Getriebe. Ganz allmählich. Bindungen entstehen. Sie ist die Mutter eines einzigen Kindes. Seine Kinder werden immer seine Kinder sein. Sie liebt sie vor allem, weil es seine sind, aber sie fängt an, sie zu lieben. Vor allem liebt sie ihn. Die Liebe dehnt sich aus wie Kreise auf der Oberfläche, nachdem man einen Kiesel hat hüpfen lassen. Sie wird für sie nie die bedingungslose Liebe empfinden, die sie ihrer Tochter entgegenbringt. Sie akzeptiert diesen Gedanken allmählich, ohne weiter ein schlechtes Gewissen zu haben. Die Gesellschaft versucht, ein anderes Schema aufzuerlegen, bei dem alle Kinder gleichermaßen geliebt werden. Das ist bescheuert. Sie fragt Sophie: »Deine Tochter bringt zum Beispiel fünf Freundinnen zum Kuchenessen mit nach Hause, und du schneidest den Kuchen an. Ein Stück ist größer als die anderen. Wem gibst du es?«

»Natürlich einer ihrer Freundinnen.«

»Ach ja?«

»Natürlich.«

»Also ich nicht, das größte gebe ich immer meiner Tochter.«

Sie weiß, dass sie immer einen Unterschied machen wird, aber das hindert sie nicht daran, zu den Jungen eine Bindung aufzubauen. Sie will sie in den Arm nehmen und sie trösten. Sie verwöhnen. Sie tut ihr Bestes. Früher hätte sie zwei Spiegeleier und Spinat zum Abendessen gemacht. Nun kocht sie Kartoffelgratin und Braten.

Er sieht sie an und lächelt. Er schenkt ihr Wein nach. Er sagt ihr, dass er sie liebe. Er schenkt sich Wein nach. Sie sagt ihm, dass er zu viel trinke. Dass er Alkoholiker sei. Er entgegnet lachend, dass er sie betrunken noch mehr liebe. Er zieht sie an sich. Seine Augen funkeln. Sie muss lachen. Er sagt: »Also, suchen wir jetzt dieses Haus zum Kaufen, damit wir aufhören, uns mit der Miete zu ruinieren?« Die Kinder lachen und sagen: »Wirklich, wir kaufen ein Haus? Aber nicht weit von hier, denn wir haben Freunde im Viertel!« – »Nein, wir ziehen nicht weit weg, versprochen ...«. Sie schauen jeden Tag die Immobilienanzeigen durch, wenn die Kinder schlafen.

Sie entdeckt die Gelassenheit eines Lebens zu zweit. Wie es ist, der Welt nicht mehr allein entgegenzutreten.

Sich an stressigen Abenden zur Entspannung in seine Arme zu kuscheln. Sie versteht endlich, warum verheiratete Paare ausstrahlen, stärker zu sein als die anderen, unbesiegbar. Tatsächlich sind sie einfach nur zu zweit.

Es ist der 18. November 2015.

7

»Ich habe immer davon geträumt, Silvester in New York zu verbringen.«

»Also wird es New York.«

»Ich habe immer davon geträumt, nachts Sex zu haben und dabei auf die Stadt zu schauen, an die Fensterfront eines Zimmers im Standard gepresst, während sich der Mond im Hudson spiegelt.«

»Also werde ich Sex mit dir haben, an die Fensterfront eines Zimmers im Standard gepresst, während sich der Mond im Hudson spiegelt.«

Ein paar Tage nach Weihnachten landen sie am John-F.-Kennedy-Flughafen. Eine kalte Sonne erhellt Manhattan. In ihrem Koffer befindet sich nur das Nötigste: eine Jeans, drei Pullover, UGG-Boots, Kaschmirsocken, Handschuhe, ein kleines Schwarzes und ein paar Pumps. Sie fahren am Central Park vorbei, über die 5th durch Downtown. Sie blickt auf die vertrauten Fassaden, das Rockefeller, das Empire. Sie durchfahren SoHo, kommen im Meatpacking District raus, biegen nach rechts ab, das Taxi hält vor dem Hotel. Ein Hochhaus aus Sichtbeton, ein trendiges architektonisches Meisterwerk mit einem privaten Club im obersten Stockwerk, wo zahllose Nobodys jeden Abend Schlange stehen, um eine Chance zu haben, neben Jay-Z und Beyoncé zu tanzen. Die Zimmer sind teuer. Je weiter oben, desto höher auch der Preis. Sie übernachten auf halber Höhe.

»You follow me? I am going to show you your room.« Sie folgen der Hotelangestellten in den Aufzug. Sie streicht mit der Magnetkarte über die Tür, das Signallicht leuchtet grün, sie öffnet, lässt sie zuerst hineingehen. Sie schaut sich um. Das Zimmer liegt an einer Ecke des Gebäudes, vollständig verglast. Ein schwindelerregender Blick auf New York. Und unten fließt der Hudson vorbei.

»Is everything okay? Do you need something else?«

»No, thank you, everything is perfect.«

Er reicht ihr eine Fünf-Dollar-Note. Die Hotelangestellte nimmt sie und schließt beim Hinausgehen leise die Tür.

Sie legt ihre Hände an die Fensterfront. Es kommt ihr so vor, als würde sie in die Tiefe stürzen, doch das Glas hält sie. Sie weiß, dass er direkt hinter ihr steht. Sie spürt, dass er langsam näherkommt, dass seine Hände auf Hüfthöhe ihre Jeans packen. Er zieht sie runter, berührt ihre Haut, die Innenseite ihrer Oberschenkel. Nur ganz sacht. Er zieht ihr den Pulli über den Kopf. Ihr Slip gleitet hinab. Sie hebt automatisch einen Fuß, dann den anderen, damit er das letzte Stück Stoff beiseite schleudern kann, damit nichts mehr zwischen ihnen ist. Nichts mehr zwischen ihr und der Stadt. Er drängt sich an ihren Rücken.

»Ich werde dich nehmen wie noch nie … Ich werde in dich eindringen wie nie zuvor. Ich werde dich ficken wie nie zuvor. Ich werde deine Muschi öffnen. Ich kenne dich, du willst mit offenen Augen die Stadt ansehen, die

Leute, weil es dich erregt, aber ich werde sie dir verbinden, dich fesseln, du wirst mein Spielzeug sein. Du wirst verlieren, denn ich werde dich mit meiner Zunge und meinem Schwanz so fertig machen, dass du ausnahmsweise nichts mehr kontrollierst … Ich kontrolliere. Mach die Augen zu. Solange sie noch offen sind, fasse ich dich nicht an.«

Ihr Bauch zieht sich zusammen.

»Mach die Augen zu, sofort, sonst explodiere ich, bevor ich dich überhaupt ficken konnte.«

Sie schließt die Augen.

Er dringt mit einem Stoß in sie ein. Von innen nimmt er jeden Winkel ihres Körpers in Besitz. Sie stöhnt rau. Kehlig. Er nimmt sie, wie er sie noch nie genommen hat. Als hätte er sie noch nie so sehr geliebt. Als würde er in ihr untergehen wollen und nie wieder auftauchen. Als würde sein Leben hier enden, weil nie mehr etwas so intensiv sein würde wie dieser Moment. Sie schreit, ohne sich zu fragen, ob die Wände schalldicht sind. Sie brüllt wie ein Tier. Bis ihr der Hals schmerzt. Die Stimme versagt. Er krümmt sich, packt ihre Hüfte fester. Seine Stöße werden heftiger. Fast tut es ihr weh, aber sie will mehr. Sie spürt ihn kommen. Ihre Beine zittern. Ihr Körper zittert. Ihr Mund zittert. Ihr Herz schlägt ihr bis zum Hals. Ihre Nägel graben sich in ihre Handflächen. Sie versucht vergeblich, ihre Finger zu öffnen. Sie steht an diese Glasfront gepresst. Mit gespreizten Beinen. Ausgebreiteten Armen. Aufklaffendem Geschlecht. Unter ihr geht das Stadtleben seinen Gang. Ihr Körper ist erstarrt, als wäre die Zeit stehen geblieben. Außer Atem öffnet sie die Augen und schaut auf den Hudson.

Sie kommt mit dem Mann ihres Lebens, an der Glasfront eines Hotelzimmers in New York.

Die Erde kann aufhören, sich zu drehen.

Es ist der 30. Dezember 2015.

8

Das Leben setzt allmählich den Takt. Ein Wochenende in der Normandie, in Cabourg, das Wetter nicht besonders schön, sie hat Rückenschmerzen. Sie fahren früher nach Hause. Er muss einen seiner Söhne abholen, den seine Großmutter nicht beaufsichtigen kann. Das Wochenende war ein bisschen misslungen, aber nicht alles kann ständig perfekt sein.

Hin und wieder kauft sie ein paar Klamotten in der Abteilung für Jugendliche, aber alles bleibt auf der ersten Stufe der Treppe liegen, als Widerspruch dazu, dass sie den Platz derjenigen einnimmt, die gegangen ist. Nicht alle Schranken sind gefallen. Sie laden häufig Freunde ein. Sie lieben sich sehr. Sie meldet sich beim Theaterkurs an. Montagabends kümmert er sich um die Kinder.

»Geht es dir gut, meine Liebste?«

»Ja, Schatz, und dir?«

»Ich bin in einem Call mit dem Nahen Osten. Es geht um die Vermarktung neuer Saint-Laurent-Parfums in den Vereinigten Arabischen Emiraten, und ich denke nur an dich.«

»Konzentrier dich, sonst feuern sie dich und wir müssen unter der Brücke leben.«

»Wir werden von Liebe und frischem Wasser leben und ich werde dich den ganzen Tag streicheln.«

»Wann kommst du nach Hause?«

»Nicht so spät. Ich vermisse dich zu sehr.«

»Ich kaufe auf dem Heimweg ein, hol bitte nur das Brot.«

»Ich liebe es, wenn du mir sagst, dass ich Brot holen soll. Ich glaube, dass ich es sogar romantisch finden würde, wenn du mir sagen würdest, ich solle Waschmittel auf dem G20-Gipfel holen.«

»Ich liebe dich.«

»Weniger als ich dich.«

»Ich bin glücklich, weißt du. Das ist so lange her, ich hatte beinahe vergessen, wie schön das ist.«

»Ich bin glücklich, dich glücklich zu machen, mein Liebster.«

»Dann sind wir beide glücklich. Wir sollten eine Werbung für Dating-Portale drehen, wir würden ihnen unsere Geschichte für ein Vermögen verkaufen, ich würde aufhören zu arbeiten und dich den ganzen Tag lieben.«

Sie schäumen über vor Glück.

Sie erhält überall Nachrichten von ihm, auf der Arbeit, in der Métro. Sie liest sie, liest sie wieder, freut sich, blickt die Umstehenden an, genießt ihr Glück nach so vielen Jahren. Manchmal denkt sie, dass es nun nur noch ihn geben wird. Sie findet den Gedanken merkwürdig, nie mehr mit einem anderen zu schlafen, nicht mehr vom ersten Kuss zu träumen, diesem flüchtigen, heiligen Moment, kurz bevor sich alles verändert. Nie wieder wird ein anderer Mann sie berühren. »Nie wieder wird ein anderer

Mann meinen Rücken entlangstreichen.« Die neue Gelassenheit entschädigt für die Leidenschaft, die Gänsehaut, die ersten Schmetterlinge. Um sich von dieser Beziehung zu überzeugen, die ihr Liebesleben für alle Ewigkeit einfriert, denkt sie an die vielen ersten vergeigten Rendezvous zurück. An die Liebesnächte ohne Morgen danach. An die Sonntage, wenn Minuten wie Stunden vergehen, in denen man auf die SMS eines Typen wartet – der kaum der Rede wert ist, aber man weiß ja nie –, nachdem man ihm um vier Uhr morgens begegnet ist, zur Uhrzeit der Verzweiflung, die dafür sorgt, dass du auf egal welchen Kerl deine Zukunftsträume projizierst und deine Urteilsfähigkeit mit deinem Mantel an der Garderobe abgibst.

»Aber es kommt mir so vor, als wäre es heute für die meisten so banal, jemandem einen zu blasen, wie man Baguette kauft.«

»Du bist viel zu romantisch.«

»Festzustellen, dass es kein unbedeutender Akt ist, den Penis eines Mannes in den Mund zu nehmen, ist also ein Synonym für übersteigerte Romantik?«

»Du legst immer Liebesgefühle hinein, deine Vision von Sex ist es, die übertrieben romantisch ist. Du könntest auch sagen, dass eine gemeinsame Nacht ein Moment der Freiheit zwischen zwei willigen Erwachsenen ist, die ohne weitere Verpflichtungen eine schöne Zeit haben.«

»Nein, das kann ich nicht.«

»Warum nicht?«

»Weil es nie unbedeutend sein wird, den Penis eines Mannes in meinen Mund zu nehmen. Es ist mir egal, dass mir alle erklären, dass die Gesellschaft so geworden ist, dass man Typen auf einer Internetseite in den

Einkaufskorb legt, wie man sein Essen bei UberEats oder die Badekappe für das Kind bei Amazon kauft. Ich werde nie akzeptieren, dass Liebe ein Konsumgut geworden ist, nicht besser als Salami oder ein Bettaufleger. Und die Leute, die mich altmodisch finden, sind mir schnuppe.«

»Du bist nicht altmodisch, du bist aus der Zeit gefallen.«

»Was ist los, weinst du?«

»Er ist zu seiner Frau zurückgekehrt.«

»Aber hat nicht sie ihn verlassen? Hatte sie nicht jemand Neues?«

»Doch. Aber er hat ihr gesagt, dass er jemanden kennengelernt hat. Seitdem hat sie alles getan, um ihn zurückzuerobern. Der Besitzanspruch ist wieder aufgetaucht. Ich merke schon seit einer Weile, dass irgendetwas nicht stimmt. Letzte Woche kam sie bei ihm mit den Kindern vorbei. Er war schon weg, ich habe noch im Bett gelegen, sie hat die Tür aufgeschlossen, also hat sie noch die Schlüssel.«

»Und dann?«

»Ich habe ihn nach dem Grund gefragt und damit, ohne es zu wissen, die Büchse der Pandora geöffnet. Zuerst hat er mir gesagt, dass es einfacher sei, wegen der Kinder, und dann lief es aus dem Ruder. Er zweifle nicht daran, dass ich die Frau seines Lebens sei, noch nie sei er so glücklich gewesen wie mit mir, das wisse er, aber sie hätten sich gesehen und lange geredet, zwanzig Jahre gemeinsame Erinnerungen, zwei Kinder, das lösche man nicht einfach aus, das würde ich doch verstehen, und da verkündet er mir, dass sie es noch einmal versuchen wollen.«

»Aber das ergibt keinen Sinn, hast du ihn gesehen? Habt ihr miteinander gesprochen?«

»Nein, wir haben nur SMS geschrieben, er konnte nicht reden. Ich glaube, dass er bei ihr ist. Aber er hat mir gesagt, dass er mich nächste Woche anruft und wir zusammen essen gehen, um zu reden.«

»Erzählst du mir gerade, dass du dich nach einem Jahr mit einer SMS hast abservieren lassen?«

An all das erinnert sie sich, also genießt sie noch mehr das banale Glück, zwei Hotelzimmer, fünf Flugtickets, ein ganzes Zugabteil zu reservieren. Es bereitet ihr einen Riesenspaß, die Familienbahnkarte zu bestellen und eine Fritteuse zu kaufen. Denn jeden Samstagmittag macht er in ihrem hübschen Haus aus rotem Backstein Hamburger und sie Pommes. Sie hat eine Familie. Beinahe einen Ehemann, das ist nur eine Frage der Zeit. Sie weiß es einfach, er hat noch nichts gesagt, aber irgendwann wird er sie fragen und sie wird Ja sagen.

»Um wie viel Uhr besichtigen wir morgen das Loft, meine Schöne?«

»Um drei Uhr, aber ich bin mir sicher, dass wir umsonst hingehen.«

»Warum?«

»Die Schlafzimmerfenster gehen nach innen. Wenn du dir den Plan genau anschaust, siehst du, dass sie auf einer Zwischenebene sind und zum Wohnzimmer rausgehen, also kannst du nie lüften, ich will mir Zimmer ohne Frischluft bei drei Beinahe-Teenagern gar nicht vorstellen.«

»Hör mal, wir schauen es trotzdem an, so können wir uns eine Vorstellung machen.«

Sie schauten es sich an. Die Schlafzimmerfenster ließen sich nur zum Wohnzimmer hin öffnen.

»Und das Haus?«

»Samstag, 15 Uhr. Aber sie haben 2,5 Millionen angesetzt, nur wegen des Blicks auf den Weinberg von Montmartre, sie halten uns für Amerikaner. Selbst der Makler hat mir gesagt, dass es das nicht wert sei.«

»Egal, wir schauen es uns an. Wir finden nichts, wenn wir nichts besichtigen.«

»Okay, Liebster, reg dich nicht auf, wir schauen es uns an.« Und sie lacht.

In den Datenbanken der Immobilienagenturen von Montmartre sind sie von der Kategorie »Erstkontakt« in »Aktiv suchend« gerutscht. Darin befinden sich die Paare, die bereits ihre jeweiligen Wohnungen verkauft haben, ihre Bank wegen der Finanzierung und ihren Notar kontaktiert haben, um die Anteile an der Startsumme und der Wertsteigerung im Fall einer Trennung schwarz auf weiß festzuschreiben, denn mit vierzig ist man romantisch, bis es ums Geld geht.

Sie hatte ihre Wohnung verkauft, er hatte den Vorvertrag für seine unterzeichnet.

»Welche Erwartungen haben Sie beide?«

»Wir brauchen vier Schlafzimmer. Wir sind eine Patchworkfamilie. Also drei Räume für unsere Kinder und wenn möglich ein Elternschlafzimmer mit Bad, das ein bisschen abseits liegt, mit einem geräumigen Wohnzimmer.«

»Sonst noch etwas?«

»Licht und Ruhe. Wenn es hell und ruhig ist, kommen wir mit allem klar. Wenn es dann noch einen Balkon gibt, sagen wir nicht Nein.«

»Ein Balkon wird bei Ihrem Budget schwierig. Sie müssen wissen, dass sich Ihre Suche ein wenig hinziehen kann, es ist nicht leicht, eine Wohnung mit so vielen Zimmern zu finden. Alle Familien wie die Ihre suchen das Gleiche …«

Der Makler wartet auf dem Bürgersteig auf sie.

»Gut, ich muss Ihnen nicht sagen, dass die Lage wirklich außergewöhnlich ist, es werden sehr selten Objekte in dieser Straße verkauft, der Blick auf den Weinberg von Montmartre ist sehr gefragt, vor allem bei Ausländern. Die Ausrichtung ist ideal, denn alle Fenster gehen nach Süden. Und Sie können leicht abgetrennte Bereiche schaffen, indem Sie mit den verschiedenen Ebenen spielen.«

Er ist offensichtlich an »Familien wie die ihre« gewöhnt.

Sie besichtigen das Erdgeschoss, gehen dann nach oben.

Sie macht sich lustig.

»Schatz, wir sind uns einig, dass der Typ, der hier wohnt, einen Strip-Club besitzt?«

»Da gebe ich dir recht. Oder ein Bordell in Pigalle.«

»Hast du das runde Bett mit granatrotem Samt im Schlafzimmer gesehen?«

»Hast du den Spiegel über dem Bett gesehen?«

»Das bringt mich auf Ideen, weißt du …«

»Vergiss es, ich hätte zu große Angst, dass uns das nachts auf den Kopf fällt.«

Der Makler, der bei der ersten Visite keiner sein darf, spürt, dass der Besuch sich zu einem interessanten Ausflug entwickelt, anstatt zu einer Besichtigung, die zu einem Angebot führt.

»Achten Sie nicht auf die Einrichtung, natürlich müsste man alles nach eigenem Geschmack neu gestalten.«

Lachend gehen sie Hand in Hand nach Hause und sagen sich, dass sie schon etwas finden werden. Sie haben es nicht eilig, das ganze Leben liegt vor ihnen.

Es ist der 12. März 2016.

9

Sie erinnert sich, dass sie an einem Sonntag die Sommerferien auf Bali gebucht haben.

Sie würden Samstag, den 23. Juli mit dem Singapur-Airlines-Flug SQ25 ab Roissy-Charles-de-Gaulle über Singapur nach Denpasar fliegen, ohne Pause. Auf der Rückreise würden sie einen Zwischenstopp in Hongkong einlegen, damit die Kinder es kennenlernen.

Sie hat zwei Zimmer mit Verbindungstür und Blick auf die Bucht im Four Seasons Hotel reserviert. Es hieß, dass der Blick vom Pool auf die Bucht der Wahnsinn sei. Er sagt: »Das kostet ein Vermögen, ein Zimmer im Four Seasons, oder? Hast du nichts Günstigeres gefunden?«

Er seufzt und stimmt schließlich zu, weil er ihr nichts abschlagen kann.

Die Buchung ist nicht stornierbar. Und nicht erstattbar.

Es ist der 13. März 2016.

10

In jener Nacht schlafen sie drei Mal miteinander.

Am Morgen geht er zur Arbeit. Er küsst sie zum Abschied und flüstert: »Wäre doch schon Abend« in ihre Halsbeuge.

Mittags schickt er ihr eine Nachricht:

»Ist alles in Ordnung, meine Liebste? Kommst du heute spät?«

Er kommt um halb acht nach Hause. Sie macht gerade das Abendessen für die Kinder, damit sie, wenn diese im Bett sind, zu zweit essen können. Doch er will mit den Jungen eine Folge einer Serie schauen, deren Namen sie vergessen hat.

Sie schalten den Fernseher ein, sie geht eine Weile zum Lesen in ihr Zimmer.

Er kommt zu ihr in den vierten Stock des Hauses aus rotem Backstein, das in der Sackgasse am Ende rechts steht, wenn man die Avenue Junot in Montmartre hochgeht.

Als er reinkommt, schließt er die Tür hinter sich. Sie findet das in dem Moment sonderbar, aber denkt nicht weiter darüber nach.

Er setzt sich auf die Bettkante, legt das Gesicht in die Hände und sagt: »Es ist vorbei.«

Sie antwortet: »Was ist vorbei, mein Lieber? Die Serienfolge? Das Tennisspiel?«

Er antwortet: »Wir. Mit uns ist es vorbei.«

»Es ist vorbei?«

»Ja, es ist vorbei.«

Sie schiebt sich aus dem Zimmer und achtet darauf, ihn nicht zu berühren, als ob sie sich an seiner Haut verbrennen könnte. Mit wenigen Worten sind sie zu Fremden geworden. Sie geht nach unten, schnappt sich ein Glas Rotwein, das auf dem Tisch rumsteht, die Schachtel Zigaretten von der Fensterbank am Eingang und setzt sich draußen auf den gegenüberliegenden Bürgersteig, wie um dieses Haus, in dem ein paar Monate lang ihre Hoffnungen wohnten, besser betrachten zu können. Alle Fenster sind erleuchtet, die Fassade schimmert in der Nacht. Es ist noch nicht spät. Die Jungen schauen unten im Wohnzimmer immer noch ihre Serie. Ihre Tochter schläft im ersten Stock. Sie wissen noch nicht, dass ihre Welt gerade untergegangen ist. Er ist oben geblieben, auf der Bettkante, das Gesicht in den Händen. Er hat sich nicht gerührt, sagt nichts mehr. Er starrt ins Leere, als würde ihm erst bewusst werden, was gerade geschehen ist.

In der Hand hält sie ihr Handy. Sie weint nicht, ist wie betäubt. Sie fragt sich, wie sie es so weit haben kommen lassen. Ihr fällt das Foto ein, das sie vor nicht einmal sechs Monaten auf diesen Stufen aufgenommen haben, zu fünft, den Kopf randvoll mit Träumen. Ein Gefällt-mir-Rekord auf Facebook. Meine Fresse. Ein Verlorene-Illusionen-Rekord. Sie hat nichts bemerkt, nichts geahnt, nichts gefühlt. Seine letzten Worte hämmern in ihrem Kopf, schlagen gegen ihre Schädeldecke, sie versucht nachzudenken, atmet tief ein und langsam aus, um sich wieder in den

Griff zu bekommen, denn sie spürt, dass sie sich gehen lässt, hier und jetzt, sie wird daran zerbrechen. Sie bleibt stark, sagt sich, dass sie vielleicht noch eine Chance haben. Sie wiederholt in Gedanken immer und immer wieder die Liebesbekundungen des Tages und die Worte, die er soeben gesagt hat. Er muss krank sein, sie wusste, dass er nie mit den Therapiesitzungen hätte aufhören sollen, dass es zu früh war. Er hat letztlich nichts Bestimmtes gesagt, nichts wirklich Durchdachtes. Sie hat nicht alles verstanden. Er wolle dieses Leben nicht, das sie seit sechs Monaten mühevoll versucht aufzubauen. So viele Mühen und Kompromisse weggewischt, einfach so, als wäre es nichts, mit drei Worten auf einer Bettkante. Und sie, anstatt zu brüllen und ihn zum Teufel zu schicken, anstatt ihm zu sagen, dass er das letzte Arschloch ist, erniedrigte sich, versuchte zu argumentieren, ihn zu beruhigen, ihn zur Umkehr zu bewegen, als wäre Liebe verhandelbar, weil es nicht möglich war, das zuzulassen, weil sie ihn nicht ihren Traum zerstören lassen konnte und dafür zu allem bereit war, zu allen Anstrengungen. Sie sagte zu ihm, dass sie tun würde, was nötig sei, damit es ihm besser ginge, auch wenn sie wirklich nicht weiß, woran es liegt, und je öfter sie ihm sagte, dass es sich schon wieder einrenken würde, desto härter sah er sie an, als ob sie nur Mitleid in ihm weckte. Er hat ihr alles genommen, sogar ihren Stolz. Es ist ihr egal, sie ist zu allem bereit, nur damit er sagt: »Aber meine Liebste, ich weiß nicht, was in mich gefahren ist, ich bin vollkommen verrückt, du weißt genau, dass ich ohne dich nicht leben kann.«

Er hat nichts gesagt.

Sie hat in seinen Augen gelesen, dass es zu spät war. Er war schon nicht mehr da, war bereits gegangen. Sie spürte, dass alles, was sie sagen konnte, an ihm abprallen würde, ohne ihn zu berühren. Sie sah, dass er eine Tür geschlossen hatte und es keinen Weg mehr gab, ihn zu erreichen. Er hatte es geschafft zu entkommen, er würde seine Meinung nicht ändern.

»Dies ist der Anrufbeantworter von Sophie. Bitte hinterlassen Sie mir eine Nachricht und ich rufe zurück.«

Sie ruft erneut an.

»Dies ist der Anrufbeantworter von Sophie. Bitte hinterlassen Sie mir eine Nachricht ...«

Sie ruft erneut an. Ein Mal. Zehn Mal. Sie drückt, ohne nachzudenken, auf die gleiche Nummer. Nervös. Hört endlich eine Stimme: »Wir essen gerade, kann ich dich zurückrufen?«

»Er hat mich verlassen.« Stille.

»Was sagst du da?«

»Nichts. Nur das. Er hat mich verlassen.«

»Aber das gibt es doch nicht.«

»Ich sage dir, er hat mich gerade verlassen. Alles ist vorbei.«

Ihr Blick fällt auf den Basketballkorb, den sie letztes Wochenende in der Sackgasse für die Kinder angebracht haben. Sie sitzt da und ihre Zigarette verglüht in der Nacht. Und sie fängt an zu weinen.

Es ist der 15. März 2016.

11

Sie will nicht als Letzte gehen. Die drückende Stille der verlassenen Räume erleben, den grausamen Anblick des leeren Schlafzimmers, wenn das große weiße Bett dem Staub gewichen ist, die Holztreppe, die bei jedem Schritt hallt, wenn sie eine letzte Runde dreht, um sicherzugehen, dass nichts vergessen wurde. Sie will nicht den Zustand des Hauses vor der Übergabe prüfen, um sich nicht fragen zu müssen, in welchem Zustand sie selbst ist. Sie sind ohnehin nicht so lang geblieben, dass die Bilder Spuren an den Wänden hätten hinterlassen können. Sie will nicht die Fensterläden schließen, das Wasser abstellen, den Stromschalter auf Off stellen. Sie will nicht ein letztes Mal den Schlüssel umdrehen und ihn beim Hinausgehen in den Briefkasten werfen. Sie will nicht, sie will überhaupt nichts, nur schlafen und vergessen, dass das alles nicht nur ein böser Traum ist. Doch sie ist hellwach und in einem Albtraum. Es zerreißt ihr die Eingeweide. Sie weint nicht.

Zuerst spricht sie mit Milly. Ihre Tochter sitzt auf dem kleinen Sofa in ihrem hübschen Zimmer, unter dem maßgefertigten Hochbett, das sie beim Einzug haben einbauen lassen. Sie denkt, dass sie es nicht wird mitnehmen können, es wird nicht in die neue Wohnung passen. Es wurde für hier gemacht.

»Aber Maman, warum hat er uns nicht mehr lieb?«

In jenem Augenblick hätte sie ihm, wäre er vor ihr gestanden, ohne Weiteres die Augen auskratzen können, damit er endlose Qualen leidet. Sie schaut ihrer Tochter beim Weinen zu, hält sie fest in den Armen, versucht, sie zu trösten. Sie hätte alles verzeihen können, nur das nicht. Zum ersten Mal im Leben wird sie jemanden hassen. Hass, der auf Liebe folgt, ist das Schlimmste – es zehrt einen innerlich nach und nach auf. Sie antwortet so etwas wie: »Nicht dich hat er nicht mehr lieb, mein Engel, sondern deine Maman. Du kannst nichts dafür. Die Großen sind manchmal komisch, weißt du, sie lieben und eines Tages lieben sie nicht mehr. Aber eines ist sicher, mein Herz, Maman wird dich immer lieben.«

»Heißt das, dass wir wieder umziehen?«

»Ja, mein Schatz, wir werden umziehen, aber mach dir keine Sorgen, Maman hat eine wunderschöne Wohnung gleich neben der Schule gefunden, wir werden wieder zu zweit sein, wie vorher, da ging es uns doch gut, zu zweit, oder?«

»Ja, Maman, da ging es uns gut.«

Anschließend sprechen sie mit den Jungen.

Die Kinder wollen nicht getrennt werden, sie wollen alle drei zusammenbleiben, Brüder und Schwester. Die Jungen wollen jede zweite Woche bei ihr und Milly leben, sie erklärt ihnen sanft, dass das nicht geht, sie sie aber besuchen kommen können, wann immer sie möchten. Nachts schläft sie kaum, sie schaut nach ihnen, betrachtet sie. Er hat das Haus schon am nächsten Tag verlassen, sie weiß nicht, wo er übernachtet, und es ist ihr egal. Sie ist bei den Kindern geblieben. In den letzten Nächten schlafen sie alle vier beieinander. Sie hat Matratzen auf den

Boden ihres Zimmers gelegt. Unablässig spielt sie die letzten Monate in ihrem Kopf ab, auf der Suche nach Zeichen, die sie nicht gesehen haben soll. Sie findet nichts. Sie fragt ihn, ob er jemanden kennengelernt habe, er schwört, dass das nicht der Fall sei.

Tagsüber richtet sie ihr neues Leben ein. Sie geht voran. Hält sich aufrecht. Sie bewirbt sich für die einzige Wohnung, die sie im Viertel findet. Sie beißt sich auf die Zunge, um den Makler, der trotz ihres Alters und Verdiensts ihre Eltern als Bürgen fordert, nicht als Vollidioten zu beschimpfen.

»Sie müssen verstehen, für gewöhnlich vermieten wir nicht an alleinstehende Frauen, weil man nie weiß, was passiert, aber wenn Sie die Bürgschaft Ihrer Eltern haben, können wir eine Ausnahme machen.«

Anstatt diesem Typen, der sie in seinem zu engen Dreiteiler von oben herab behandelt, also zu sagen, er könne sich seine 3.000-Euro-Wohnung in den Allerwertesten schieben, hält sie mit ihren dreiundvierzig Jahren den Mund und denkt, dass sie später noch Feministin sein kann, und setzt das Kindermädchen mit den Dokumenten in einen Zug Richtung Süden, zu Papa und Maman, die mit einem Stift auf dem Bahnsteig warten, um die wertvollen Papiere zu unterzeichnen.

Sie ruft erneut die Umzugsfirma an, die schon sechs Monate zuvor im Einsatz war. Sie erinnern sich sehr gut an sie und das hübsche Haus am Ende der Sackgasse. Sie sind so taktvoll, keine Fragen zu stellen. Am nächsten Tag tauchen sie zu viert auf, mit dem gleichen Laster, den gleichen braunen Decken für die zerbrechlichen Gegenstände und gefalteten Kartons, die nur darauf warten, erneut befüllt zu werden. In wenigen Stunden haben sie alles gepackt, geleert, geladen. Sie hat dem Kindermädchen gezeigt, was sie mitnehmen sollen. Sie hat das Wenige, das sie dalassen sollten, das ihm gehört, unter der Treppe verstaut, es war nicht der Rede wert.

»Madame, wissen Sie, dass der Nachbar mir erzählt hat, das Haus sei verhext?«

Sie schaut das Kindermädchen an.

»Er hat mir erzählt, dass der Ehemann der Familie, die vorher hier war, eines Tages zum Flughafen gefahren und nie wieder zurückgekommen ist. Er sagt, auf dem Haus liege ein Fluch und dass alle Bewohner unglücklich waren.«

»Domi, glaubst du wirklich, dass ich heute so einen Unsinn hören will?«

Es ist Freitag, der 25. März 2016.

12

In der ganzen Wohnung stapeln sich Dutzende Kartons. Die Umzugshelfer haben die Möbel an ihren Platz gestellt, die Geräte angeschlossen. Sie gibt jedem ein Trinkgeld, schließt die Tür, setzt sich auf den erstbesten Stapel und betrachtet ihr neues Zuhause.

Alles ist neu, Parkett, Stuck, Wandfarbe, Bäder, alles ist frisch renoviert, sie fühlt sich wohl. Es ist Ostern und es regnet. Vor ihr liegen drei Tage, um die heftigste Trennung ihres Lebens zu verkraften und hundertzehn Quadratmeter einzurichten, damit ihre Tochter sich zu Hause fühlt, sobald sie kommt. Sie hat keine Zeit zu verlieren.

Die Glocken von Sacré-Cœur läuten, ein vertrauter Lärm. Sie erinnert sich, sie auch gehört zu haben, als sie noch in der Rue Paul-Albert gewohnt hat. Sie hat alles mitgenommen, weil sie nichts anderes gefunden hat, um ihn zu verletzen. Das Besteck bis hin zum letzten Löffelchen, alles aus dem Schrank der Waschküche bis zur letzten Rolle Toilettenpapier, das Waschmittel, das Küchenpapier, die Zahnpasta, die angebrochenen Butterpackungen aus dem Kühlschrank. Sogar die Kühltruhe hat sie geleert. Lieber wirft sie alles weg, als ihm auch nur eine Packung Spinat zu hinterlassen.

Sie fragt sich, ob er an dem Abend, als er nach Hause kam, geweint hat. Sie hat ihn sich oben auf der großen

Treppe vorgestellt, wie er das gähnend leere Wohnzimmer betrachtet, in dem nur noch sein rotes Sofa und sein Fernseher neben dem Kamin stehen. In einer Ecke lagen noch ein paar Comics im Staub und in den nassen Fußspuren der Umzugshelfer. Das Kindermädchen sagte zu ihr: »Madame, so wie das Haus aussieht, mit dem Kommen und Gehen der Leute und dem Regen den ganzen Tag, zum Glück haben Sie das nicht gesehen, wo Sie es doch sauber mögen, Sie hätten das nicht ertragen!«

Alle Fotos ihrer falsch zusammengesetzten Familie hat sie sorgfältig in ganz kleine Stücke gerissen. Die Erinnerungen an bessere Tage waren nun tief in einem Müllsack vergraben, den sie beim Wegfahren an den Anfang der Allee stellte. Die Müllabfuhr würde ihn am nächsten Morgen mitnehmen, ohne zu wissen, dass darin zerfetzte Träume liegen.

Als er abends nach Hause kam, schrieb er ihr:

»Du hättest zumindest irgendetwas dalassen können, damit wir zu Abend essen können.«

Sie weiß nicht, wo sie anfangen soll. In der Küche vielleicht. Oder besser im Schlafzimmer. Sie zieht das Laken auf, den Deckenüberzug, die beiden Kopfkissenhüllen, den breiten Überwurf aus dunkelgrünem Samt, den sie bei ihrem Einzug damals gekauft hatte. Sie schaut das Bett an, in dem Zimmer, das nicht ihres ist. Sie sieht das gleiche unter dem Dach des roten Backsteinhauses vor sich. Sie fängt haltlos an zu weinen. Sie setzt sich auf die Bettkante und weint wie ein Kind, mit unendlicher Traurigkeit und dem Gefühl, dass alles umsonst war, und auch aus einer gewissen Erschöpfung heraus. Noch einmal muss sie ganz von vorne beginnen. Sie sitzt auf diesem dunkelgrünen Überwurf zwischen gestapelten Kartons. Sie sieht ihn wieder vor sich, wie er abends auf dem gleichen grünen Überwurf Platz nimmt, wenn er spät heim und hoch zu ihr ins Schlafzimmer kam, um sie nach ihrem Tag zu fragen, bevor er unter die Dusche sprang. Sie sieht ihn vor sich und wünschte, er würde kommen und sie trösten.

Also steht sie auf. Sie nimmt den Überwurf weg, faltet ihn methodisch und legt ihn auf einen Kartonstapel. Sie zieht den Deckenüberzug ab, faltet ihn methodisch, das Laken und die Kissenhüllen, legt sie gefaltet zum Rest, schnappt sich den Stapel, geht in die Küche, reißt Kartons auf, bis sie eine Rolle Müllbeutel findet. Sie packt alles in einen Beutel und verschnürt ihn mit dem kleinen roten Plastikbändchen, um sicherzugehen, dass er zubleibt. Sie geht die Treppe in den Hof hinab, öffnet die Tür zum Raum mit der Mülltonne, hebt den Deckel an und wirft den Sack hinein.

Am gleichen Abend kauft sie bei Monoprix nebenan einen Deckenüberzug in 220 x 240, 100 Prozent Baumwolle, weiß mit dünnen senfgelben Streifen. Sie nimmt die passenden Kissenüberzüge in 65 x 65 und 50 x 70, dazu ein weißes Spannbettlaken. Sie entscheidet sich gegen einen neuen Überwurf.

Am gleichen Abend legt sie sich in ein Bett, das nicht mehr so aussieht wie ihr früheres. Und zum ersten Mal seit langer Zeit schläft sie.

Es ist der 28. März 2016.

13

Der Himmel ist grau. Sie schaut zu, wie das Riesenrad sich dreht.

»Maman, fahren wir damit?«

»Ja, Schatz, wartet hier auf mich, ich kaufe die Karten.«

Es ist ein Sonntagnachmittag. Der Moment, den sie am meisten fürchtet. Ein Winternachmittag, auch wenn es dem Kalender zufolge schon nach Frühling duften sollte. Nichts. Leere. Selbst das Wetter hat beschlossen, ihr die Stimmung zu vermiesen. Es ist ein Sonntagnachmittag. Sie steht auf der Place de la Concorde und schaut dem erleuchteten Riesenrad zu. Im Hintergrund läuft Popmusik, die für gute Stimmung sorgen und die Leute glücklich machen soll. Sie sieht zu, wie ihre Tochter und ihre Freundin lachend ihre Nasen in die Zuckerwatte stecken. Sie sind hübsch und fröhlich, wie zehnjährige Mädchen, die man an einem Sonntagnachmittag zum Riesenradfahren mitnimmt. Sie lächelt. Innerlich ist sie wie erloschen. Sie schläft nicht mehr. Bestenfalls nickt sie ein, kurz bevor es hell wird. Sie steht auf dem hell erleuchteten Platz, der voller lächelnder, sich gegenseitig fotografierender Touristen ist, und ihr ist nach Weinen zumute.

Seit Tagen beherrscht sie sich, beißt sich in die Faust, schreibt und löscht, sie hat sich geschworen, nichts zu schicken, niemals. Seine Nummer hat sie gelöscht, um nicht in Versuchung zu geraten, aber sie hat sie dennoch auf einem Zettel behalten, nur für den Fall. Sie steht auf dem Platz, nicht weit entfernt von den lachenden Kindern, die dem sich drehenden Riesenrad zusehen und sich fragen, wo sie bleibt. Sie hält es nicht mehr aus, nicht zu verstehen, sich immer dieselben Fragen zu stellen, auf die sie nie eine Antwort erhält. Sie zieht ihre Handschuhe aus, die Kälte ist schneidend, ihre Finger sind weiß, sie holt ihr Handy aus der Tasche, sucht seine Nummer, findet sie und sendet:

»Ich verstehe es nicht.«

Noch während sie die Nachricht sendet, wird ihr klar, dass sie das nicht tun sollte. Sie hat sich geschworen, ihm diesen Gefallen nicht zu tun, ihm, der nach ihrem Weggang kein Lebenszeichen mehr von sich gegeben hat. Nichts. Nicht ein Wort. Nicht mal ein höfliches »Wie geht es dir?« Es gibt Schlimmeres als Hass: Stille. Gleichgültigkeit. Jeden Abend, wenn ihre Tochter im Bett liegt, streckt sie sich auf dem Sofa aus. Sie spürt ihr Herz rasen. Jeden Abend glaubt sie, dass sie sterben wird. Sie überlegt, den Notarzt zu rufen. Jedes Mal die gleiche Welle der Angst, die in ihr hochsteigt, ihr schneller werdender Herzschlag. Sie versucht, sich zu beruhigen. Betäubt sich mit dem Schauen von Serien bis zum Ende der Nacht, um nicht nachzudenken. Sie schläft bei laufendem Computer ein, wacht bei laufendem Computer auf, nicht mehr denken, nicht mehr grübeln. Mitten auf diesem Platz ist sie nun eingeknickt.

Sie zieht ihre Handschuhe nicht wieder an, spürt ihre eiskalten Finger, zieht immer wieder ihr Handy hervor, um zu schauen, ob er geantwortet hat, schiebt es wieder in ihre Tasche, nimmt sich vor, es dort zu lassen, spürt, wie ihre Hand schon wieder am Suchen ist. Endlich vibriert es. Sie nimmt es heraus. Sein Name auf dem Bildschirm. Sie schiebt ihn mit dem Daumen an und liest:

»Ich liebe dich nicht mehr.«

Es ist der 17. April 2016.

MARRAKESCH

1

Der Wind peitscht ihr ins Gesicht. Sie lächelt, schließt die Augen, versucht ungeschickt ihr Haar zusammenzubinden. Es fliegt unbezähmbar in alle Richtungen. Sie gibt sich den Elementen hin, lässt sich von ihnen malträtieren. Der Wind wirft sie aus der Bahn, wirbelt alles in ihr auf. Der Duft des Meeres durchströmt sie. Sie berauscht sich an der salzigen Luft, atmet tief ein, während das beklemmende Gefühl, das sie seit Wochen erdrückt, endlich abebbt.

»Wartet auf mich, ich komme. Wenn ihr ohne mich geht, finde ich euch nicht wieder.«

»Ehrlich, du bist jetzt seit zwei Stunden da oben und schaust zum Horizont, während wir vor Hunger umkommen. Führst du ein Zwiegespräch mit dir selbst, oder was?«

»Nein, aber es ist so schön, ich bekomme nicht genug davon. Du kannst das nicht verstehen, du hast keinen Funken Romantik in deinen Adern.«

»Wir erfrieren hier, der Wind ist eiskalt. Komm, wir finden eine windgeschützte Terrasse für dich, da können wir uns mit einem Tee aufwärmen und ein Tajine essen.«

»Ihr habt wirklich Hunger? Nach all den Mengen, die wir beim Frühstück gegessen haben? Mir kommt es so vor, als hätte ich meinen letzten Crêpe vor nicht mal einer Stunde verdrückt.«

»Aber nein, es ist fast zwei, komm schon, wir kehren am frühen Abend zurück, um den Sonnenuntergang anzuschauen. Das Licht über dem Meer ist am Ende des Tages noch viel schöner.«

Sie lässt sich überreden. Sie ist glücklich, hier zu sein. Weit weg von Paris. Weit weg von der Erinnerung an ihn. Sie ist gestern um 19.15 Uhr mit dem Flug Transavia T2012 aus Paris-Orly am Flughafen von Essaouira gelandet. Ein spontaner Entschluss. Milly ist über das Wochenende bei ihrem Vater, in ganz Frankreich war schlechtes Wetter angesagt, und Alexandra, eine Freundin, die seit ein paar Jahren in Rabat lebt, liegt ihr schon seit Monaten in den Ohren damit, dass sie sie ein paar Tage besuchen und mal rauskommen soll. Die fröhliche Gruppe ist schon seit ein paar Tagen für das Gnawa-Festival da, das jedes Jahr Tausende Musikliebhaber aus allen Teilen der Welt anlockt, die sich den fast mystischen, tiefgehenden, berauschenden Rhythmen hingeben. Sie haben ein Riad in der Medina gemietet. Sie hat lieber ein Zimmer im L'Heure Bleue genommen, einem ihrer Lieblingshotels in der Nähe des Hafens.

Auch wenn sie diesen Ort in- und auswendig kennt, ist sie jedes Mal, wenn sie die große Tür öffnet, die den Innenhof vom lauten Treiben der Straße trennt, gebannt von der Atmosphäre, die dieser besondere Ort verströmt. Das Gebäude aus dem 18. Jahrhundert wurde auf dem Grund einer alten Karawanserei erbaut. Es war zunächst ein Privathaus, ein Waisenhaus, dann verlassen und wurde schließlich von einer großen marokkanischen Familie gekauft und restauriert, die beschlossen hatte, daraus eines der Prunkstücke von Essaouira zu machen, der schön Gezeichneten.

Die Mauern sind dick, da sie zu Zeiten ohne Klimaanlagen errichtet wurden und das einzige Mittel waren, um sich ein wenig vor der Hitze zu schützen. Bei ihrem Eintreffen war es wie immer erstaunlich kühl. Der zwischen Pflanzen verborgene Brunnen aus grün-weißen Zellij plätscherte bezaubernd. Sie schaute zu den schmalen Außengängen auf, die zu den Zimmern führen und ein blaues Quadrat Himmel umrahmen, und fragte sich, in welchem Stockwerk sie untergebracht sein würde. Sie mag alles hier, die alten Bücher in den uralten Vitrinen, die Ledersessel, die mit den Jahren durch all diejenigen, die in ihnen sitzen, gegerbt wurden, das gedämpfte Licht, die leisen Schritte der Männer in Schnabelschuhen, die Tee bringen, ihre Wollfilzumhänge, die leicht auffliegen, wenn sie lautlos durch die Flure gleiten, die alten Schwarz-Weiß-Fotografien. Das alles wirft sie Jahre zurück, auf die Terrasse des Presseclubs von Phnom Penh, im ersten Stock eines Hauses oberhalb des Mekongs: die gleiche postkoloniale Atmosphäre. Hier gehört zum guten Ton, jeden Verweis auf die umstrittene Vergangenheit zu tilgen. Aber der altmodische Charme ist sicher auch den Überbleibseln der längst vergangenen Epoche zuzuschreiben.

Hier hat sie das Gefühl, das Tosen der Stadt und ihres Lebens, das sie bei der kleinsten Emotion taumeln lässt, hinter sich zu lassen. Zum ersten Mal ist sie zerbrechlich. Zum ersten Mal fühlt sie, jeden Moment kaputtgehen zu können, sobald nur ein Sandkorn ins Getriebe gerät. Wo vorher Reserven waren, ist nun keine Kraft mehr für das Unvorhersehbare.

Die Tür zum Hotel befindet sich in einer Straße der Altstadt. Man kann unmöglich ahnen, was hinter den vielen hohen Strohlehmmauern liegt, nur das Geschrei der

Möwen erinnert an die Nähe zum Hafen, wo jeden Tag tonnenweise Fisch auf die Quais gekippt wird. Wenn sie es schafft, früh aufzustehen, wird sie den ersten Booten zuschauen, die für die Auktion einlaufen.

Sie kennt Essaouira. Sie läuft gern an den Stränden entlang, an die sich nur ein paar kühne Surfer wagen und ein paar Badende, die die Kälte nicht scheuen. Es ist kein Badeort – wer nur das Meer genießen will, reist ins nördlichere Oualidia. Nein, Essaouira ist eine besondere Stadt, die man mag oder eben nicht. Sie enthüllt sich erst nach und nach, wird zugänglicher, zeigt sich mit jedem Irrweg ein Stück mehr. Nichts liegt offen zutage, man muss sie sich verdienen, aber zahlreich sind die Franzosen, die sich verzaubern ließen und geblieben sind.

Sie hat in irgendeinem Reiseführer gelesen, dass die Bewohner die Stadt vor langer Zeit »Die schlafende Schöne« nannten. Das ist genau, was sie braucht als Schmerzbetäubte, die endlich alles abschütteln und ihr Leben allmählich weiterleben will.

Die Gruppe hat sich auf eine windgeschützte Restaurantterrasse geflüchtet. Alle sind hungrig außer ihr. Die Karte lässt sie links liegen, sie kennt alle Speisen in allen marokkanischen Restaurants auswendig; sie bestellt ein Gemüse-Tajine, da sie weiß, dass man das auch ohne Hunger essen kann. Sie beobachtet die anderen, die reden und lachen. Sie ist da, ohne wirklich anwesend zu sein. Sie weiß, dass sie genau deswegen gekommen ist, um das Leben in Gesellschaft neu zu erlernen, zu reden, ohne etwas zu sagen, nur so, weil niemand von der Welt abgeschnitten existieren kann. Sie fühlt ihre diskreten Blicke, sie versuchen unauffällig über sie zu wachen. Marc sitzt am anderen Ende des Tisches. Er lässt sie nicht aus den Augen, wie um zur Stelle zu sein, wenn sie wie eine Stoffpuppe in sich zusammensackt. Sie wirft ihm einen beruhigenden Blick zu, wie um zu sagen: Mach dir keine Sorgen, es geht schon …

»Und du, wo bist du gerade?«, fragt sie ihre Sitznachbarin.

»Immer noch bei Com 2000. Wir haben gerade eine Vier-Tage-Convention für Axa in Besançon gestemmt, das war super.«

»Ernsthaft?«

»Ja, natürlich, warum?«

»Wie kannst du Spaß daran haben, dein langes Wochenende mit achtzig Führungskräften von Axa in Besançon zu verbringen? Das musst du mir erklären, vielleicht gehe ich danach nicht mehr so ungern zur Arbeit.«

»Wieso, läuft deine Agentur im Moment nicht?«

»Doch, es läuft gut. Ich arbeite mit sehr engagierten Firmenchefs, die mir ein Vermögen zahlen, um disruptive 360-Grad-Kommunikationstrategien zu entwickeln, die den nötigen Buzz erzeugen, um aus ihrem ganz gewöhnlichen Unternehmen ein ganz besonderes zu machen; und wenn es darum geht, auf den Knopf zu drücken, schauen sie mich meistens lächelnd an und sagen: Sie wissen, dass wir Ihre Herangehensweise lieben, Ihre Originalität, deshalb haben wir Sie ja Ihren Konkurrenten vorgezogen. Aber denken Sie nicht, dass wir da ein bisschen weit gehen, dass wir vielleicht einen Mittelweg finden müssen, um unsere Stammkunden nicht zu verunsichern und natürlich gleichzeitig neue zu überzeugen, denn es ist unerlässlich für die Zukunft der Firma, neue Märkte zu erschließen …«

»Worüber beschwerst du dich, das ist doch toll, weißt du, wie viele Agenturen zurzeit Probleme haben?«

»Du hast recht, das ist toll. Ich sollte eine erfüllte Frau sein.«

»Und?«

»Und ich langweile mich, du weißt gar nicht, wie sehr.«

Stephanie wendet sich ihrem linken Nachbarn zu, der sicher positivere Schwingungen aussendet, um ihm von ihrem viertägigen Axa-Seminar zu erzählen.

Sie schaut in die Runde. Sie alle haben wichtige Beraterjobs im PR-Bereich in den einflussreichsten Agenturen. Sie alle verfügen über ein Adressbuch, in dem die Nummer von jedem Chef der vierzig führenden französischen Börsenunternehmen zu finden ist. Die meisten haben sich ihre Sporen als Parlamentsassistenten eines Abgeordneten verdient, der es bei einer der zahllosen Neustrukturierungen der Regierung zum Minister gebracht hat. Sie sind stundenlang durch die Flure des Palais Bourbon und die vergoldeten Säle der Ministerien in der Rue de Grenelle oder noch besser, der Rue de Varenne gelaufen. Wer Glück hat, kommt in eines der Châteaus, die anderen begnügen sich mit Matignon und dem Premierminister, aber damit kann man bei Dinnerpartys schon glänzen. Sie wirken zufrieden. Sie überlegt, wie lange die anderen sich schon nicht mehr gefragt haben, ob sie wirklich zufrieden sind. Tatsächlich weiß sie nicht einmal, ob sie überhaupt Zeit haben, um sich das zu fragen. Sie leben im Rhythmus von Twitter, Krisen, Fake News und TV-Auftritten, müssen Verleumdungskampagnen und Gegenoffensiven organisieren, Gerüchte, exklusive Deals, um den heiligen Gral zu erreichen, die Titelseite von *Le Parisien,* um Interviews zu veröffentlichen, die nach all den Korrekturen durch Schattenmänner, die sich für den Kalifen anstelle des Kalifen halten, fade geworden sind. »Es scheint, dass der Herr Minister im Moment nichts mehr ohne seine Zustimmung macht …«

»Ach ja?«

»Ja, ich meine, bis zum nächsten …«

Ihr Know-how besteht darin, so wenig wie möglich zu sagen und gleichzeitig Offenheit zu vermitteln, da jedes Wort zerpflückt, kritisiert, verunglimpft wird. Die Vorherrschaft und die Brutalität der sozialen Netzwerke haben ihren Beruf auf den Kopf gestellt, aber alle wussten sich anzupassen, indem sie sich immer stärker vernetzt haben. Sie haben keine Zeit, sich über den Sinn ihres Lebens Gedanken zu machen, zu beschäftigt sind sie damit, das der anderen zu schützen.

Sie selbst nimmt sich endlich die Zeit, zieht sie vom Schlaf ab. Die Schlaflosigkeit verschafft ihr den Luxus, darüber nachzudenken, was sie mit ihrem Leben anstellen will.

Die anderen schlafen den Schlaf der Gerechten, ausgelaugt von Tagen ohne Pausen, getaktet durch das ständige Piepen ihrer Telefone, die sie nie ausschalten, nicht einmal nachts. Und mitten unter ihnen ist da eine, die nicht ganz so ist wie die anderen. Sie redet wenig, beobachtet. Sie hält sich im Hintergrund. Sie wirkt nicht unbedingt schüchtern, nur weniger redselig, sicher braucht sie es nicht so sehr, auf sich aufmerksam zu machen, zu zeigen, dass sie da ist. Vielleicht steht für sie weniger auf dem Spiel, oder sie muss nichts mehr beweisen.

»Und du, was machst du zurzeit?«, wendet sie sich ihrem anderen Sitznachbarn zu.

»Ich stelle einen Antrag zusammen, um die Banken zu überzeugen, mir das Geld für eine verlassene Farm auf Mallorca zu leihen.«

»Das ist super, was willst du damit machen?«

»Tausend Dinge, mir schwebt eine Farm mit Permakultur und dazu Gästezimmer vor; sie liegt nicht im touristischen Teil der Insel, die sonst unbezahlbar geworden ist, aber ich bin sicher, dass es funktionieren kann. Doch die Banken sind vorsichtig, ich habe keine Rücklagen, also ist es alles andere als sicher. Und du, was machst du?«

»Ich habe eine PR-Agentur, Corporate Communication, Pressearbeit, Digitale Kommunikation, der Klassiker eben.«

»Das ist prima, oder? Das muss spannend sein.«

»Ich mache das seit zehn Jahren, es war prima, aber nun bin ich damit ein wenig durch, das muss ich zugeben. Ich würde gerne etwas anderes machen.«

»Und wenn du etwas anderes machen würdest, was wäre das?«

Darauf hat sie keine eindeutige Antwort. Sie hätte sich beinahe von einer großen Agentur einkaufen lassen, eine Stelle als Partner war in Aussicht. Ihr bester Freund hat zu ihr gesagt: »Das ist die dümmste Idee, die du in den letzten Jahren hattest, und davon hast du nicht wenige. Wenn man es einmal gewohnt ist, barfuß zu laufen, zieht man nicht wieder Schuhe an.« Er hatte natürlich recht, und sie lehnte ab.

»Wenn ich machen würde, wovon ich träume, würde ich alles um uns herum einpacken, die Gerüche, die Materialien, die Farben, und alles mit nach New York nehmen.«

»Und warum machst du es nicht?«

»Ich weiß nicht. Ja, warum eigentlich nicht?«

Sie klinkt sich unauffällig aus der Runde aus und läuft allein durch die Gassen der Medina. Nur hier, auf marokkanischem Boden, fühlt sie sich so. Sie hat nie verstanden, warum. Vielleicht, weil ihre Mutter und auch ihre Großeltern hier geboren sind, ein paar hundert Kilometer weiter nördlich, in Oujda. Liegt die Verbundenheit mit einem Landstrich in den Genen, sodass sie von Generation zu Generation weitergegeben wird? Das müsste sie mal erforschen. Doch für den Augenblick begnügt sie sich mit dem Gefühl, zu Hause zu sein, in dieser Stadt, die sie beruhigt. Sie läuft ziellos herum, macht ein paar Fotos, um etwas davon mitzunehmen, eine verborgene Tür am Ende einer kleinen Straße, eine Bougainvillea, die an der Mauer daneben emporrankt, ein majorelle-blauer Berberteppich, der auf einem sonnenheißen Terrassendach trocknet, das Weiß einer Mauer, das Blau des Himmels.

Der Wind weht ihr ins Gesicht. Sie stößt am Strand wieder zu ihnen. Sie liegen alle auf alten, ein wenig klapprigen Liegestühlen, die ein alter Herr in Djeballa für zehn Dirham am Tag vermietet. Die Farbe blättert ab, sie sind ein wenig windschief, aber sie halten sich noch aufrecht, mit Blick aufs Meer, um die wenigen Touristen zu empfangen, die hier faulenzen wollen. Sie bekommen die Sonne und den Meereswind ungebremst ab, ein böiger Wind, der Sand peitscht auf jeden Zentimeter Haut, tausende Körner kleben ihr am Mund, an den Schenkeln, den Brüsten. Sie merkt, wie ihre Nippel hart werden, sie zwischen den Beinen weich wird, sie kann nicht anders, als an ihn zu denken, als ob ihr ganzer Körper unter der Einwirkung von Sonne und Wind erwacht, Böe um Böe. Schauer durchlaufen sie, ihr ist nicht kalt, sie fühlt nur, dass sie nach langen Wochen der Lustlosigkeit erwacht.

Sie fühlt Marcs Blick auf sich, sie spürt, dass er Lust auf sie hat, sie spürt es, aber vergisst es, um wieder nur an den Sand zu denken, der ihr wehtut. Sie sieht ihn, nicht Marc, der direkt neben ihr ist und nur auf ein Zeichen wartet, nein, sie sieht nur ihn, an dem Abend, als er nach Hause kam, sie lag schon im Bett, war am Lesen oder Einschlafen, sie erinnert sich nicht genau, er hob ein Seidentuch von Hermès vom Parkettboden auf, fesselte ihr die Hände, ohne sie aus den Augen zu lassen, zog sanft die Seide fest, dann spürte sie, wie seine Finger ihren Rücken heruntterglitten, an ihrem Hintern entlang, sie spreizte die Schenkel, sein Finger, sein Mund …

Die Lust überschwemmt sie, sie liegt dort am Strand, dem Wind vom Essaouira ausgesetzt, der weiter jedes Stückchen nackter Haut auspeitscht, und sie denkt nur an seinen Mund auf ihr. Und so hat sie nur noch einen Gedanken, sich selbst zu streicheln, endlich wieder zu kommen, dieses einzigartige Gefühl wieder zu erleben, das sie hinwegfegt, sie durchstößt. Sie wirft ihre Flip-Flops und ihr Handtuch in ihren Korb, wirft der sich fröhlich bräunenden Gruppe einen Handkuss zu und geht zu dem großen weißen Gebäude hinauf. Sie öffnet ihre Zimmertür, lehnt sich an die Wand und lässt die Lust unter ihren Fingern anschwellen.

An dem Tag erfährt sie, dass sie wieder kommen kann, es ist ein weiterer Schritt Richtung Heilung.

Den Abend verbringt sie allein. Marc ruft sie an, um ihr vorzuschlagen, zum Essen zu ihnen stoßen, aber sie lehnt lieber ab. Sie hat das Gefühl, seit ihrer Ankunft genug Strecke zurückgelegt zu haben. Sie kuschelt sich in einen großen Rattansessel im Innenhof des Hotels, in dem alles voller Pflanzen ist, bestellt Couscous und ein Glas Wein. Sie schaut auf ihrem Handy die Fotos vom Tag an. Sie ist von der Schönheit der Stadt bezaubert. Sie erinnert sich an ein soziales Netzwerk, von dem man ihr erzählt hat, auf dem die Leute nur schöne Bilder posten. Sie lädt die App runter, richtet ein Konto ein und stellt ihr erstes Foto online: Glasbehälter in einer Straße von Essaouira, gefüllt mit Salben in allen Farben, magisches Rot, Mogador-Blau, Indigo, Majorelle-Blau … Sie veröffentlicht es und geht schlafen. Ihr erster Instagram-Post.

Am nächsten Tag fliegt sie nach Paris. Sie lehnt ihren Kopf ans Fenster, schließt die Augen. Sie beginnt zu träumen, es ist alles noch ein wenig wage, da sind majorelleblaue Töpfe und die Wolkenkratzer von Manhattan.

Es ist der 21. Mai 2016.

2

Sie sitzt nicht weit von der Gare de Lyon in einem Meeting. Ihr gegenüber ein Dutzend Leute, alles Männer, alle im grauen Anzug und blauem Hemd, weil ihnen ein Image-Consultant zum Tagessatz von 2.000 Euro irgendwann mal gesagt hat, dass das im Fernsehen am besten rüberkommt. Man weiß nie, also halten sie sich bereit, für den Fall, dass BFM-TV sie völlig unerwartet anruft, um in einer Sendung über die ökonomischen Perspektiven der Automobilbranche in der zweiten Jahreshälfte eine Lücke zu füllen. Sie sind Spezialisten für Changemanagement.

»Die Ergebnisse der Image-Studie, die wir beim Ipsos-Institut geordert haben, sind eindeutig. Wir haben ein großes Bekanntheitsdefizit bei den CEOs von Unternehmen mit weniger als fünftausend Mitarbeitern. Dabei sind die großen mittelständigen Firmen unsere Hauptzielgruppe.«

»Ich habe diese Schwachstelle ebenfalls bemerkt, an den Ergebnissen ist wirklich nichts überraschend. Trotz des zweistelligen Wachstums dieses Jahr zählen Sie weiter zu den kleinsten Akteuren des Sektors. Wenn Sie Ihre Ergebnisse aber mit denen Ihrer direkten Konkurrenten vergleichen, stehen Sie ähnlich gut da. Nur die großen Anbieter machen eine bessere Figur. Um an Sichtbarkeit zu gewinnen, müssen wir Ihre Medienpräsenz erhöhen, und dafür brauchen die Journalisten Futter.«

»Das heißt?«

»Die letzten Treffen, die wir mit den Chefredakteuren der relevanten Zeitungen oder zumindest des Wirtschaftsteils organisiert haben, haben nichts ergeben. Da haben wir Pech gehabt. Nicht einmal ein kleiner Artikel in den lachsfarbenen Seiten des Figaro. Die Erklärung ist simpel, wir haben ihnen nichts zu erzählen. Es braucht *Content*, da habe ich Ihnen nie etwas vorgemacht. Wie es so schön heißt, wenn man nichts zu sagen hat, hält man lieber die Klappe. Wenn Sie wollen, dass wir die Chance auf ein erneutes Treffen bekommen und es sich auszahlt, müssen wir die Strategie ändern. Wir könnten ihnen zum Beispiel ein Projekt präsentieren, das Sie bei einem Ihrer großen Kunden realisiert haben, indem wir einen Vorher-Nachher-Vergleich zeigen, die Art, wie Sie interveniert haben, den *Impact* auf das Engagement der Mitarbeiter.«

»Aber Sie wissen genau, dass wir nicht über unsere Kunden sprechen wollen. Wir haben Vertraulichkeitsklauseln in unseren Verträgen, die uns hindern, irgendetwas preiszugeben. Sie müssen einen anderen Weg finden, um uns in die Presse zu bringen.«

»Aber man kann nicht reden und nichts sagen. Das interessiert niemanden. Können wir nicht etwas mit dem Leiter der Personalabteilung von Disney auf die Beine stellen?«

»Es kommt nicht infrage, ein solches Risiko einzugehen, mit Disney haben wir einen unserer größten Verträge, ich werde das nicht für einen Fetzen Papier in einem Schundblatt kaputt machen. Sehen Sie zu, dass Sie etwas anderes finden.«

Sie verlässt das Meeting, nachdem sie ihnen versichert hat, dass sie darüber nachdenken wird. Sie weiß, dass sie in einer Sackgasse steckt. Sie hat nicht mehr die Geduld für Samthandschuhe. Sie kann ihnen auf keinen Fall sagen, dass es keinen interessiert, was sie von sich geben, unmöglich ist es aber auch, die 7.500 Euros zu entbehren, die der Vertrag ihrer Agentur monatlich einbringt. Zwei ihrer Consultants arbeiten daran. Sie seufzt entnervt. Sie weiß nicht einmal mehr, wie es so weit gekommen ist, dass sie für Firmen arbeitet, die sie so wenig interessieren, die nur Umsatz und Wachstumssicherung im Sinn haben. Ihr Ding war die Politik, das Adrenalin der Wahlen, der Schauer, der sie jedes Mal durchlief, wenn einer ihrer Klienten auf einer Bühne vor einem vollen Saal stehende Ovationen bekam, nachdem er das Publikum mit einer Rede erobert hat, die sie in der Nacht davor geschrieben hatte. Aber seit der Cahuzac-Affäre hat Hollande die meisten PR-Budgets der Minister gekürzt, sie musste sich anderen Bereichen zuwenden, dem Privatsektor, wo die Firmenchefs unter Druck noch bereit sind, ein Vermögen auszugeben, damit sie jemand beruhigt, indem er Bullshit redet.

Tagsüber laviert sie sich durch. Die Abende sind schwieriger. Man kümmert sich um sie, sogar zu viel. Sie ist gezwungen, ihre Freunde zu bitten, ihr Luft zum Atmen zu lassen, nicht mehr reihum bei ihr aufzutauchen, angeblich spontan, aber mit etwas zum Essen im Gepäck, der Schmerz vergeht so nicht schneller. Abends bringt sie ihre Tochter ins Bett, und dann kommt der Moment, wo alles den Bach runtergeht. Sie hat eine Panikattacke nach der anderen, ihr Herz rast, ein unerträglicher Druck breitet sich aus, ein quälender Schmerz im Rücken, im Arm, bis in die Fingerspitzen, in ihrem Brustkorb, der sich nicht mehr weiten will, ihr bleibt die Luft weg, und am Ende immer das Gefühl, dass sie an Ort und Stelle sterben wird. Dieser Stich in die Brust. Sich selbst zur Vernunft bringen, indem man sich zuredet, dass das nur ein einfacher Rippenschmerz ist, dass bislang keine wissenschaftliche Studie gezeigt hat, dass Liebeskummer das Risiko für Herzinfarkte steigert, dass sie bestimmt nicht allein sterben wird, hier auf dem Sofa, mit ihrer schlafenden Tochter nebenan. Sich ans Fenster stellen, eine rauchen, sich nach und nach beruhigen, atmen, endlich fühlen, wie das Herz langsamer schlägt. Schon tausend Mal hat sie geglaubt, dass es aus ist. Tausend Mal hätte sie beinahe den Notarzt gerufen. Sie hat es nicht getan. Sich lächerlich machen hat noch keinen umgebracht, aber man weiß ja nie.

»Du solltest einen Psychiater aufsuchen, er würde dir zumindest was geben, damit du schlafen kannst.« Sophie schaut sie eindringlich an.

»Ich will keine Pillen. Ich habe in meinem ganzen Leben noch keine genommen, also werde ich nicht jetzt damit anfangen.«

»Aber geh zumindest zu einem Psychologen.«

»Wozu?«

»Um zu reden.«

»Um ihm was zu sagen? Guten Tag, Monsieur, ich bin dreiundvierzig Jahre alt, ich wurde von heute auf morgen von einem Kerl fallen gelassen, mit dem ich glaubte, mein Leben zu verbringen, und ich bin traurig? Denkst du wirklich, dass ich einen Therapeuten brauche, um mir zu sagen: Ach, Mademoiselle, das braucht Zeit, nur die Zeit heilt alle Wunden. Danke, das macht hundertfünfzig

Euro? Also ehrlich, da kaufe ich mir lieber ein Paar Schuhe, die ich nie anziehen werde.«

»Aber du musst schlafen. Er kann dir etwas zur Entspannung geben.«

»Ich will nicht schlafen, ich will aufwachen. Ich brauche keine Pillen, sondern Projekte. Neben meiner Tochter habe ich nichts. Mein Job kotzt mich an, mein Liebesleben ist ein Fiasko, ich weiß, es war nie besonders erfolgreich, aber jetzt bin ich ganz unten angekommen. Ich rede nicht von meinem Sexleben, das dem einer Strandschnecke ähnelt, obwohl – ich frage mich, ob eine Strandschnecke nicht mehr Sex hat als ich. Ich habe Kunden, denen ich nichts mehr zu sagen habe, die Unmögliches von mir verlangen, und jetzt muss ich auch noch an einer Strategie arbeiten, um die Arbeitsbedingungen von Personen mit Handicap in Unternehmen mit weniger als zehn Mitarbeitern zu verbessern. Wir werden Hunderttausende von Euros ausgeben, um Sensibilisierungsflyer zu drucken, die im Müll enden, weil kein Kleinunternehmer Geld in Barrierefreiheit steckt, wo doch seine Priorität zurzeit darin besteht, nicht dichtmachen zu müssen. Ich schaffe es nicht einmal mehr durch die Meetings, so satt habe ich den ganzen Unsinn. Nichts bringt mich zum Vibrieren, nichts versetzt mich in Aufregung, nichts holt mich aus meiner Komfortzone. Ich schleppe mich zur Arbeit, ein Tag gleicht dem anderen, und ich denke, dass es nicht sein kann, dass ich Notizen über erhöhte *Visibility* bis an mein Lebensende mache. Wenn ich die Augen schließe, sehe ich mich so eine Art marokkanisches Zadig & Voltaire in New York aufmachen, nur dass ich von Klamotten nichts verstehe und so gut Englisch spreche wie eine Strandschnecke, die mehr Sex hat als ich. Also, du siehst, ich sehe mich selbst recht klar, ich brauche keinen Psychologen. Ich brauche einen Stylisten.«

»Okay, dann heuer einen Stylisten an.«

»Du hast recht, ich werde einen Stylisten anheuern.«

Die Wahrheit ist, dass sie untergeht. Es geht ihr schlecht, so schlecht. Liebeskummer ist ihr nicht fremd, aber keiner, der so plötzlich, so heftig ist. Sie schafft es nicht abzuschließen, sie versinkt. Um zu vergessen, arbeitet sie doppelt so viel, zehn Mal so viel, immer mehr. Sie leitet ihre Agentur, weil die Miete eben bezahlt werden muss, die Journalisten sind immer schwieriger zu begeistern, der kürzlich eingestellte Consultant findet nicht so recht seinen Platz, die PR-Strategien stapeln sich, die To-do-Listen werden länger, sie arbeitet nachts, um die schlaflosen Stunden zu füllen. Wenn sie es schafft, sich zu konzentrieren, lässt sie die vage Idee keimen, die nach ein paar Tagen in Essaouira in ihrem Kopf auftauchte. Sie wägt ihre Kräfte ab, ihre Rücklagen, ohne sich zu sehr in Gefahr zu begeben. Sie hat hunderttausend Euro gespart, nicht genug, um einen 4.000-Quadratmeter-Shop auf der Madison aufzumachen, aber genug, um einen Designer einzustellen, der ein paar erste Modelle skizzieren könnte. Eines Abends entschließt sie sich zu einer Anzeige auf LinkedIn: »Achtung, Job in der Mode: Ich suche einen Freelance-Designer im Bereich Frauen- und Kindermode für zukünftige Abenteuer.«

Ein paar Tage später steht Catherine vor der Tür. Sie sind für 15 Uhr verabredet, sie ist früh dran.

»Möchten Sie Tee, einen Kaffee, ein Glas Wasser?«

»Gerne einen Tee.«

Aus ihrer großen Tasche holt sie ein paar Fotos früherer

Kollektionen, die sie ohne wirklichen Erfolg angefertigt hat. Sie redet über Muster, Doppelpaspeln, Knopflöcher, Produktionsminima, Stückzahlen. Sie reiht Zahlen auf, zeichnet Kurven in ein Heft, um abschließend zu sagen, dass grob eine Million Euro nötig seien.

»Eine Million? Nun …«

»Wenn Sie in Paris eine Boutique eröffnen wollen, müssen Sie die Miete, die Einrichtung, die Bauarbeiten, die Gehälter der Verkäuferinnen, die Digitalentwicklung, die Website und das Budget für die Referenzierung einberechnen, damit Sie bei Google nicht auf Seite fünfundzwanzig auftauchen. Dazu die Infrastruktur für den Bestellversand und noch mehr natürlich für die Kreation der Kollektion von Anfang bis Ende, mit etwa dreißig Modellen mindestens, damit es eine runde Sache wird. Wenn wir zum Beispiel entscheiden, eine Jeans, zwei Hosen, fünf Tops, zwei Röcke, einen kurz, einen lang zu machen, dann noch etwas aus Strick – da gehen wir am besten nach Italien, um zu schauen, was die machen –, ein paar Kleider, eine Jacke, vielleicht aus Leder, das läuft im Moment, das ist Trend, das alles zum Beispiel in fünf Farben und mindestens vier Größen, drunter geht es nicht, dann ist das kurz gesagt das, was man auf den Tisch legen muss.«

»Aber ich habe keine Million.«

»Ach so? Wie viel haben Sie?«

»Ich weiß nicht, ich kann siebzigtausend Euro investieren, ich habe mit meiner PR-Agentur ein bisschen was zurückgelegt.«

»Aber mit so wenig kann man keine Marke lancieren, Sie verschwenden Ihre Zeit. Wenn Ihr Projekt Hand und Fuß hat, wenn es wirklich etwas hat, was es von den anderen, die es schon gibt, unterscheidet, müssen Sie Investoren suchen. Man könnte versuchen, in der Zwischenzeit eine Mini-Kollektion zu machen, damit diese einen Eindruck bekommen und Sie ihnen zeigen können, was Sie sich vorstellen … Etwa zwanzig Teile, sagen wir zwei Hosen, zwei Tops, nur ein Rock, eine Jacke, ein Blouson, das alles in nur zwei Größen, S/M und L/XL, so limitieren wir die Muster und die Produktionskosten. Aber bevor Sie starten, sind Sie sich sicher, dass Sie in Marokko eine solide Kollektion produzieren können? Haben Sie Kontakte, eine Produktionskette?«

»Nein, noch nicht.«

»Damit sollten Sie vielleicht anfangen, oder?«

»Ja, sicher. Sie haben recht.«

»Hören Sie, schauen Sie sich alles durch, und wenn Sie bereit sind, rufen Sie mich an. Ich mag die Idee, an der Kreation Ihrer Kollektion zu arbeiten, bei null anzufangen, sich an einen Tisch zu setzen, von Ihnen Ideen zu bekommen und sie umzusetzen, aber ich glaube, die Sache ist noch ein wenig unausgereift.«

Catherine steckt die Fotos in ihre große Tasche zurück, schenkt ihr ein Lächeln, das sagen soll: »Aber nein, ich bin Ihnen nicht böse, weil Sie meine Zeit verschwendet haben«, und geht, wie sie gekommen ist.

Sie bleibt benommen auf dem Sofa sitzen.

Sie fragt sich, wie sie so naiv hatte sein können.

Sie fühlt die Welle ansteigen, die Angst ihren ganzen Körper überfluten, sie denkt an ihn, daran, dass es Wahnsinn ist, ein solches Projekt allein aufziehen zu wollen, ohne sich auf jemanden stützen zu können, sie atmet kräftig ein, lang aus, lässt die Angst wieder ansteigen, schnappt sich ihr Telefon und bucht einen Flug nach Rabat. Dort wird es ihr immer noch besser gehen als hier.

»Willst du, dass ich zu dir komme?« Marc wirkt ehrlich besorgt.

»Aber nein, du kannst nicht jedes Mal herkommen, wenn ich das Gefühl habe, eine Herzattacke zu bekommen, sonst kannst du gleich einziehen.«

»Da hätte ich nichts dagegen.«

»Ich weiß.«

»Aber ehrlich, wenn du willst, dass ich komme, bin ich in fünf Minuten da.«

»Du bist ein Schatz, aber es wird schon gehen. Ich muss lernen, durchzuatmen. Ich muss lernen, die Ängste zu kontrollieren, sonst wird mein Leben zur Hölle. Ich schaffe das.«

»Was du erlebt hast, ist derart brutal, da ist es normal, dass es dir schlecht geht, hör auf, alles im Griff haben zu wollen, alles zu managen, du musst es rauslassen, dir Zeit lassen, und auch akzeptieren, dass wir dich unterstützen.«

»Ich sage dir, ich schaffe das. Mach dir keine Sorgen, wenn es mir wirklich schlecht geht, rufe ich an, versprochen.«

»Wie geht es Milly?«

»Milly geht es wunderbar. Sie hat ihre Gewohnheiten wieder, ihre Mutter ganz für sich allein, ein ruhiges Leben, ohne knallende Türen oder schreiende Teenager, ich glaube, ihr behagt das, und das ist das Wichtigste.«

»Ja, du hast recht, aber pass auf dich auf. Wir telefonieren morgen.«

»Morgen bin ich in Rabat, ich habe gerade einen Flug gebucht, in Paris ist schlechtes Wetter angesagt, wenn ich hierbleibe, mit meinem scheiternden Projekt und dem Regen, hänge ich mich auf.«

»Ich komme mit.«

»Aber du wirst doch nicht alle deine Termine absagen, nur weil ich nach Rabat fliege!«

»Mir ist auch nach Sonne, und ich habe Alex gesagt, dass ich vor dem Sommer ein paar Tage komme. Schick mir deine Flugnummer, wir sehen uns morgen am Flughafen von Roissy.«

»Du bist verrückt.«

»Ich weiß, aber du auch, und sicher bin ich deshalb verrückt nach dir.«

»Mach's gut.«

»Du auch.«

Es ist noch Nacht, als er in die Flughafenhalle tritt. Sie wartet vor dem Bäcker auf ihn, sie hat Hunger, das ist schon etwas. Sie hat den ersten Flug des Tages gebucht, der kurz vor sieben Uhr in Paris abfliegt, um die Möglichkeit zu haben, in einer Kneipe der *Kasbah des Oudayas* zu Mittag zu essen. Sie sieht ihn auf sich zukommen, er lächelt. Sie kann sich nicht in ihn verlieben, weil sie nicht in der Lage ist, in irgendjemanden verliebt zu sein. Aber an diesem Morgen hat sie nichts dagegen, so zu tun als ob.

Es ist der 3. Juni 2016.

3

Sie liegt am Pool. Die Sonne ist weitergewandert, sie hat kein bisschen Schatten mehr und müsste ihren Liegestuhl weiterschieben, hat aber keine Lust aufzustehen. Zum Mittagessen haben sie eine Flasche Rosé getrunken.

»Du verbrennst, wenn du in der Sonne bleibst.« Schweißperlen rollen über ihre Haut, über ihre Hüften, sie erschauert. Er greift in ihre Haare, sie lässt die Augen geschlossen, um sich nicht zu fragen, wem die Hand gehört, die sie berührt, die zu ihrem unteren Rücken wandert, sie streichelt. Sie atmet kaum, als Zeichen, dass er nicht aufhören soll, dass sie dieses Mal nicht Nein sagen wird. Ihr fällt ein, dass sie nicht ganz allein am Pool sind, dass sie aufpassen sollten. Sie sagt nichts. Sie lässt es geschehen, wie eine ausgehungerte Puppe.

»Gehen wir nach oben?« Sie folgt ihm.

Noch nie hat sie sich so begehrt gefühlt. Sie lässt ihn machen. Er nimmt sie. Dreht sie um. Spreizt ihre Hinterbacken. Gräbt sich hinein. Sie gehört ihm. In diesem Moment. Für jetzt. Es ist, als wollte er sie ganz verschlingen, damit sie nie einem anderen gehören kann. Sie kommt unzählige Male, um die verlorenen Monate ohne Lust wettzumachen. Ihre Augen geschlossen. Er hält ihr die Hand vor den Mund, damit man sie nicht am anderen Ende der Stadt schreien hört, und beginnt von vorn. Sie kommt unter seinem Mund, unter seinen Händen. Mit ihrem Körper. Ihr Kopf und Geist sind wie leer gefegt. Nichts existiert mehr außer ihrem Unterleib. Nichts, außer roher Lust.

Am Abend speisen sie auf einer Terrasse in der Rue des Consuls. Sie trägt einen blauen Paillettenrock, der vielleicht ein wenig zu kurz ist und beim Laufen glitzert. Sie tanzt mit Blick auf die Sonne, die über den Dächern der Medina untergeht. Sie gehen als Letzte, die kleinen Läden in der Gasse sind geschlossen. Die Straßen wie ausgestorben. Sie sind betrunken. Ihre Absätze bleiben zwischen den Pflastersteinen hängen, sie schwankt. Er hält sie am Arm fest. Sie mag dieses Gefühl, sich wieder auf jemanden stützen zu können. Sie ist betrunken und fühlt sich seit Monaten zum ersten Mal wohl. Ihr Atem fließt mühelos. Sie winken ein vorbeifahrendes Taxi heran, fahren ins Hotel. Sie weiß, dass er ihre Zimmertür öffnen und sich hindurchschieben wird. Sie weiß, dass sie es zulassen wird.

Als sie am nächsten Morgen ins Spa runtergeht, schläft er noch. Sie verlangt ein Peeling mit schwarzer Seife. Als ob der Rosshaarhandschuh alles von ihr abreiben könnte. Die abgestorbene Haut und die Erinnerungen.

»Wir gehen noch einmal zurück.«

»Sind Sie sicher?«

»Ja.«

Samia nimmt ihre Hand und geleitet sie sanft über den glatten Boden des Hammam. Sie legt sich noch einmal auf den glühend heißen Marmortisch. Ihr Kopf dreht sich, das Atmen fällt ihr schwer, ihre Hände und Füße zittern immer stärker.

»Geht es Ihnen gut, Madame?«

»Ja.«

Sie ist schon zweimal hinausgegangen. Zweimal zurückgekehrt, obwohl es ihr so vorkommt, als müsste sie hier, auf diesem Marmortisch, im Hammam von Rabat sterben.

Tote Hautschüppchen türmen sich überall auf ihren Armen, ihren Beinen, ihren Brüsten, ihrem Hintern, auf jedem Quadratzentimeter Körper, den er berührt hat.

»Fester bitte.«

Der Handschuh quält weiter ihre Haut. Jeder Eimer kaltes Wasser, der ihr ins Gesicht geschüttet wird, verschlägt ihr den Atem. Sie ringt nach Luft. Schluckt Wasser. Hustet. Spuckt. Der intensive Duft der Aromaöle berauscht sie. Sie versucht, ihren Herzschlag zu beruhigen.

Der Schwindel wird immer stärker.

»Geben Sie mir Ihre Hand.«

Sie gehen langsam in entgegengesetzter Richtung durch den Hammam. Der Boden ist immer noch rutschig.

Im ersten Raum angekommen, atmet sie schnappend die kühle Luft ein.

»Wird es gehen?«

»Ja.«

»Ihr Gesicht sieht anders aus, Madame.«

Sie legt sich mit Blick auf die Grünanlage hin. Da spürt sie, wie die Tränen laufen. Diese verdammten Tränen, die sie seit Wochen erwartet, laufen ihr endlich über die Wangen.

Sie stürzt das Wasser mit den Zitronenstückchen und Minzblättern hinunter. Sie wischt sich die Augen mit dem Ärmel ihres Bademantels ab. Mit dem Aufzug fährt sie hoch zu ihrem Zimmer. Sie öffnet die Tür: Marc ist gegangen.

Es ist der 4. Juni 2016.

4

Jeden Tag verschiebt sie ihre Abreise.

»Sie müssen um halb zwölf ein Taxi nehmen, Madame, um zwei Stunden vorher am Flughafen zu sein.«

»So früh?«

»Ach, seit den Attentaten in Brüssel bestehen sie darauf.«

Sie blickt auf die Uhr. Elf Uhr dreiundzwanzig.

»Haben Sie die Nummer von Air France?«

»Ja, Madame.«

»Würden Sie sie bitte anrufen?«

Der Concierge wählt die Nummer, es läutet ins Leere. Ihr Herz schlägt schneller, ihr Rücken verspannt sich. Sie nimmt ihr iPhone, *Ihre Reservierungen*, *Ticket umtauschen*.

»Lassen Sie, Monsieur.«

»Sicher?«

»Ja. Ist mein Zimmer heute Abend frei?«

Seit einer Woche spricht sie jeden Morgen den gleichen Satz aus: »Ist mein Zimmer heute Abend frei?«

Sie weiß es jetzt. Er hat lange auf sich warten lassen, der Augenblick, in dem das verderbliche, bösartige, ständige Gefühl, gleich zu ersticken, dieser Kloß, der sie seit Wochen daran hindert zu schlucken, zu atmen, zu lachen, zu genießen, zu scheißen, endlich verschwindet.

Seit Wochen ist jede Mahlzeit eine große Anstrengung.

Sie kaut lange, bis jeder Bissen Brei wird und sie sich sicher sein kann, dass er ihr nicht im Hals stecken bleibt. Sie meidet alles Feste, Fleisch, Äpfel. Es wäre doch dumm, beim Essen eines Apfels umzukommen. Ihr Magen ist kaputt. Genau wie sie.

Ist mein Zimmer heute Abend immer noch frei?

Jeder Tag ist ein weiterer Schritt von ihm weg. Vor allem aber weiß sie, dass er dabei ist zu gehen. Endlich ist er an der Reihe zu gehen. Sie weiß, dass der Laster heute Morgen um 9 Uhr erneut vor dem roten Backsteinhaus hält, um beladen zu werden. Seit drei Monaten wartet sie darauf, ihn endlich weit weg zu wissen, ihr Montmartre endlich wieder für sich zu haben und nicht mehr ständig Gefahr zu laufen, ihm zu begegnen, ihn an einer roten Ampel zu sehen, oder einfach zu wissen, dass er nur eine Straße weiter lebt.

Ihr Flug geht um 14 Uhr. Sie bittet den Concierge, ihr ein Taxi zum Flughafen zu bestellen. Sie wird am Abend um 19 Uhr 30 in Paris landen. Sein Umzug wird abgeschlossen sein. Sie kann nach Hause, weil er geht. Das Haus in der Sackgasse wird wieder leer stehen, die Fensterläden geschlossen sein. Als ob es ihre Geschichte nie gegeben hätte.

Es ist der 10. Juni 2016.

5

»Ich schaffe es nicht.«

»Warum sagst du das? Du bist zu ungeduldig, du willst immer alles und alles sofort. Du kannst so ein Vorhaben nicht mit einem Fingerschnippen realisieren. Du solltest versuchen, Profis aus dem Bereich zu treffen, die dir erklären, wie es läuft, damit du die Risiken einschätzen und ein seriöses Projekt entwerfen kannst, und dir nicht einfach sagen, dass du eine Million Euro benötigst, nur weil irgendeine Tussi, die du auf LinkedIn gefunden hast, dir beim Tee diese Summe auf den Tisch geknallt hat. Und wenn eine eigene Kollektion nicht zu schaffen ist, warum fängst du nicht damit an, andere Marken zu verkaufen?«

»Aber ich will keinen Klamottenladen aufmachen, das interessiert mich nicht. Ich will etwas machen mit Bezug zu Paris und Marokko, das bringt mich weiter, mein Ding ist es, etwas umzusetzen, zu kreieren – nicht zu verkaufen. Wenn es damit endet, dass ich eine x-te Kleiderboutique aufmache, die keiner braucht, dann lasse ich es gleich und betreibe weiter meine Agentur.«

»Warum machst du dann nicht einen Laden auf, in dem du marokkanische Kreationen verkaufst?«

»Eigentlich würde ich gern dort leben. Ich muss mal raus, was anderes sehen. Hier komme ich nicht zurecht, ich komme nicht mehr auf die Beine. Das sagen mir alle ständig: Man muss wieder auf die Beine kommen. Das Kapitel abschließen, neu anfangen. Doch es kommt mir so vor, als ginge ich unter. Ich kann mich nicht konzentrieren und noch weniger planen. Ich kann mir eine Zukunft ohne ihn nicht vorstellen. Das zehrt an mir, das frisst mich auf, verstehst du? Mal ist mir danach, ihm eine zu verpassen, und gleich danach will ich ihn am liebsten anrufen und ihn anbetteln, mich zu heiraten. Ich laufe Paaren über den Weg und frage mich, wie sie das gemacht haben, will sie am liebsten anhalten, um zu fragen, aber ich tue es nicht, weil sie mich für verrückt halten würden. Dabei wirkt es nicht so kompliziert, warum nur fahre ich jedes Mal gegen die Wand? Es ist unerträglich, wenn der andere von heute auf morgen weg ist. Als ob ein Stück deiner selbst herausgerissen würde. Du tust so, als würdest du weitermachen, als wäre alles in Ordnung, obwohl du an nichts anderes denken kannst. Du fragst dich, was er tut, wo er lebt, ob er eine andere liebt, ob er mit einer anderen schläft, es ist unerträglich, nichts mehr zu wissen, verstehst du? Du drehst und wendest es in alle Richtungen, verdammt, und suchst nach einer Antwort, die du nie bekommen wirst. Jede Nacht willst du ihm eine Nachricht schreiben, damit er dir erklärt, warum er abgehauen ist, damit du endlich trauern kannst, und schickst sie nicht, weil du weißt, dass du es nicht solltest, dass er nicht antworten wird und du das letzte bisschen Stolz dabei verlierst. Ich fühle mich innerlich leer, ich möchte vor Schmerz laut schreien, bis mir die Stimmbänder wehtun. Ich hasse ihn dafür, dass er mir das angetan hat, weil ich es nicht verdient habe, weißt du? Na, sag mir, ob ich das wirklich alles verdient habe, verdammt … Aber, siehst du, ich werde nicht weinen, nicht brüllen, ich werde meine

Faust nur wütend gegen eine Wand schlagen, aber nein, weinen werde ich nicht, dieses Geschenk werde ich ihm nicht machen …«

Und sie fängt an zu weinen.

Sie streift ziellos durch die Gegend, kommt an einem Schmuckgeschäft vorbei. Im Schaufenster liegt ein sehr schlichter, sehr schmaler diamantenbesetzter Ehering. Sie erinnert sich, dass sie ihm eines Nachts gesagt hat, dass sie, wenn sie mal heiraten, gern so einen hätte. Einen ganz schlichten, ganz schmalen Diamantring. Ein Ring, der der ganzen Welt sagen würde, dass sie ihm gehört.

Sie geht in das Geschäft, möchte ihn nur mal anprobieren. Die Verkäuferin erkundigt sich nach ihrer Ringgröße.

»Zweiundfünfzig.«

»Hier ist er in Ihrer Größe. Es ist der schmalste, den wir haben. Wir haben noch andere Modelle mit größeren Steinen oder mit einer anderen Fassung, wenn Sie etwas Imposanteres wünschen. Dieser hier zum Beispiel sieht am Finger auch sehr schön aus, vor allem, wenn man wenig Schmuck trägt, wie es bei Ihnen der Fall zu sein scheint. Sie sollten ihn auch mal anprobieren.«

»Es stimmt, der ist auch sehr schön, aber ich glaube, der erste gefällt mir wirklich besser.«

Sie streift ihn sich über.

»Wann ist es denn so weit?«

»Wann ist was so weit?«

»Der große Tag«, sagt die Verkäuferin mit einem verschwörerischen Lächeln. »Wann findet Ihre Hochzeit statt?«

Sie blickt auf den Ring, der an ihrem Finger funkelt, und antwortet leise: »Ich heirate nicht. Der Mann, den ich heiraten sollte, hat mich gerade verlassen. Ich nehme ihn.«

Sie reicht ihre Kreditkarte.

»Ich … Verzeihung, ich wollte nicht …«

»Keine Sorge, bitte entschuldigen Sie sich nicht.«

»Möchten Sie ihn in der Schatulle mitnehmen?«

»Nein, das ist nicht nötig. Ich behalte ihn gleich an.«

Ihre Freundinnen sagen, dass es wirklich eine bescheuerte Idee ist, einen Ehering zu tragen, wenn man Single ist. Sie antwortet ihnen, dass es ihr schnurzegal sei, was die Leute denken. Sie schaut auf den funkelnden Diamantring an ihrem Finger. Er ist sehr schlicht, sehr schmal. Sie denkt, dass man mit dreiundvierzig aufhören muss, auf andere zu zählen, um seine Träume zu verwirklichen. Aber tief in ihrem Inneren, das weiß sie, gut versteckt, bleibt dieses verfluchte Bedürfnis zu weinen und geht nicht mehr weg.

Es ist der 12. Juni 2016.

6

»Boss, Sie müssen morgen bei Vertlogistic wirklich dabei sein, sie sind in exklusiven Verhandlungen mit deutschen Investmentfonds, um übernommen zu werden, aber bei den ganzen Kungeleien müssen wir ordentlich Zündstoff entfernen, wenn uns das in der Presse nicht um die Ohren fliegen soll.«

»Da kann man nichts entfernen, ich sage ihnen bereits seit drei Jahren, sie sollen bei sich aufräumen, sie hören einfach nicht auf mich und erklären mir das ganze Meeting hindurch, dass ihnen ihr Image egal sei, dass sie nur Kohle scheffeln wollen und wir uns damit begnügen sollen, aufzupassen, dass es nicht entgleist. Der Präsident ist doch eigentlich ein guter Kerl, aber der General Director ist ein hirnloser Möchtegern, der sich gern aufspielt, das sind die Schlimmsten. Ich verstehe nicht, wie so talentlose Typen in solche Positionen kommen. Als ob es in den Firmen eine Prämie für Inkompetenz gäbe. Je weniger Format, desto schneller geht es die Karriereleiter hoch, weil sie niemanden in den Schatten stellen, und die Guten bleiben stecken. Also, es nützt wenig, ihnen etwas von unabhängiger Presse und freier Information zu erzählen, sie wollen es nicht verstehen. Jetzt wachen sie auf, weil sie wissen, dass eine belastende Reportage in Paris Match erscheinen wird, aber es ist zu spät.«

»Sie wollen, dass wir die Journalistin anrufen und ein Erwiderungsrecht verlangen.«

»Das kommt nicht infrage, ich kenne sie, sie ist solide. Wenn sie den Artikel bringt, hat sie alle Informationen, sie wird nicht einknicken. Ich habe die Reportage gelesen, sie ist stichfest, das Ding steht und alle Anschuldigungen sind genügend belegt, sodass wir keine Handhabe haben. Die Käufer wissen genau, dass ihre Methoden nicht lupenrein sind. Wir können ein paar Nebelkerzen anzünden, aber vor allem müssen wir buckeln und das Ende der Verhandlungen abwarten, in der Hoffnung, dass bis dahin nichts mehr erscheint. Der Prozess in Bordeaux kommt wann zum Abschluss?«

»Das Urteil wird im Frühling gesprochen.«

»Okay, bereite eine Strategie für das Meeting morgen früh vor. Du unterbreitest ihnen einen Aktionsplan in vier Punkten, mit dem richtigen *Wording* zu ihren Stärken: Rückgewinnungsquote, neue Führungsstruktur, Reorganisation der regionalen Standorte und neue ökologische Techniken. Pack mir einen Teil zu Online-Presse und -PR rein, mit einer Reihe von Clips über die Tätigkeitsbereiche der Gruppe. Wir setzen zehn Drehs auf dem Land für Porträts von zehn Angestellten an, das ist gut für die interne PR, das stellt die Teams in ein gutes Licht und tut auch extern seinen Dienst – wir machen die Marke menschlicher. Hol bis heute Nachmittag ein schnelles Angebot bei Havas Productions ein, sie sollen nicht vergessen, für uns zehn Prozent als Auftragsbeschaffer zu berechnen. Und sieh ein Sponsoring-Budget vor, um die Posts in den Netzwerken zu boostern. So müsste es gehen.«

»Das wird ihnen sicher gefallen.«

»Ich weiß. Für wann ist die Übernahme genau geplant? Am Tag der Vertragsunterzeichnung sind wir dort raus, die Neuen behalten das alte Team nicht. Wir müssen hier vorausschauend handeln und eine andere Firma in der gleichen Branche suchen, mit der wir arbeiten können. Hast du eine Idee?«

»Unser Vertrag verpflichtet sie bis Dezember, es gibt keine Klausel, die ihnen erlaubt, vorher auszusteigen.«

»Das lässt uns ein bisschen Zeit, das ist schon mal etwas. Um wie viel Uhr morgen?«

»Neun Uhr im Hauptsitz, Rue du Faubourg Saint-Honoré. Ich mache mich gleich an die Präsi, ich schicke sie Ihnen heute Abend zum Absegnen, gegen 22 Uhr, geht das, Boss?«

»Ja, ich habe ein Abendessen, ich schaue sie mir danach an.«

Wenn sie will, dass ihre Mitarbeiter ranklotzen, kreativ sind, disruptiv, einfallsreich, stärker als alle anderen, muss sie sie ziehen, die Lokomotive spielen. Sie gehen nirgendwohin, wenn sie sie nicht mitnimmt. Sie sind jung, ehrgeizig, talentiert, sie mögen ihren Job. Sie fragen sich noch nicht, ob das, was sie machen, mit ihren Kindheitsträumen übereinstimmt. Sie selbst wollte mal Kriegsreporterin werden, ist aber irgendwo falsch abgebogen. Sie bereut nichts, aber sie weiß, dass jetzt der Moment gekommen ist, etwas zu verändern. Es bleibt nur herauszufinden, wie. Ihr ist schwindelig. Es ist ihr egal, ob sie weniger verdient, nicht mehr mit wichtigen Leuten in angesagten Restaurants essen geht, Prada-Taschen oder Louboutin-Stilettos für 1.000 Euros trägt. Sie kann diese Anzugtypen, die glauben, dass ein Arbeitsessen mit einem Hummer-Sandwich und einem Glas Meursault in der Bar des Plaza unweigerlich zu einer Bettgeschichte führt, nicht mehr sehen. Ein Stelldichein ohne Verpflichtungen natürlich. Zwischen zwei willigen Erwachsenen.

»Ich glaube, es ist alles gesagt. Ich sende Ihnen per Mail eine Aufstellung der Punkte, zu denen wir bis morgen Abend eine Bestätigung brauchen, ist Ihnen das recht?«

»Ja, perfekt. Sie sind immer perfekt. Mein Wagen ist bis siebzehn Uhr zur Generalüberholung in der Werkstatt, mein Chauffeur kann mich nicht vorher abholen.«

»Möchten Sie, dass die Rezeption Ihnen ein Taxi ruft? Sonst kann ich Sie auch bei Ihrem Büro absetzen, das liegt auf meinem Weg.«

»Um ganz ehrlich zu sein, Sie gefallen mir sehr, und das nicht nur beruflich. Ich habe oben eine Suite reserviert, nur für den Fall. Ich dachte, dass wir die Zeit vielleicht anders nutzen können.«

»Wie bitte?«

»Es ist nur ein Angebot, regen Sie sich nicht gleich auf, Sie sind zu nichts verpflichtet.«

»Denken Sie, nur weil Sie External Relations Director bei einem Börsenunternehmen sind, die Handynummer des Präsidenten haben und mir einen Teller Trüffel-Ravioli spendiert haben, den Sie absetzen werden, haben Sie das Recht, zwischen Kaffee und Abendessen mit mir in die Kiste zu springen? Ich kann auch eine Nachricht an Ihre Frau schreiben, um ihr zu sagen, dass Sie heute Abend ein wenig später kommen, wenn Sie das wünschen?«

Sie hat es satt. Am Vortag war es ein anderes Restaurant, im gleichen Stadtteil. Im goldenen Dreieck, wo die gut erzogenen Leute wohnen.

»Die beiden Konferenztage waren ein Erfolg, Glückwunsch, Sie haben wirklich tolle Arbeit geleistet. Die Speaker sind glücklich über die Pressereaktionen und die Sichtbarkeit in den sozialen Netzwerken. Auf diese Ergebnisse können wir uns stützen, um unsere Finanzpartner zu binden. Wir können mit der Planung für nächstes Jahr beginnen, was meinen Sie?«

»Wir begleiten Sie gern dabei. Ich kann einen provisorischen Plan mit den vorab zu erledigenden Aufgaben erstellen, wenn Sie möchten.«

»Perfekt, machen Sie das, und wir treffen uns wieder, wenn die Papiere fertig sind.«

Er ruft den Garçon herbei: »Eine Karte und einen Stift, bitte.«

»Natürlich, sofort, Monsieur.«

Er schreibt etwas auf die Karte, faltet sie zusammen, schiebt sie in die Mitte des Tisches. Sie nimmt das Stück Papier, faltet es auseinander und liest: »*Wann ficken wir?*«.

Es ist der 13. Juni 2016.

7

»Hör mal, mein Schatz, ich verstehe, dass dich die letzten Monate ein wenig durcheinandergebracht haben, aber du kannst nicht einfach machen, was du willst. Denk an Milly, du hast eine gut laufende Firma, du verdienst gut. Bist du dir im Klaren darüber, welches Risiko du eingehst, wenn du die Agentur schließt, um etwas anderes zu machen? Du wirst nicht alles, was du in zehn Jahren aufgebaut hast, opfern, nur weil du ein bisschen deprimiert bist?«

»Ich bin nicht nur ein bisschen deprimiert, Maman. Das geht viel tiefer, verstehst du?«

»Ja, natürlich verstehe ich das, du regst dich immer gleich auf, man wird ja wohl noch sagen dürfen, was man denkt. Wir machen uns Sorgen um dich, wir stecken in einer Krise, schau doch mal, wie viele Menschen um dich herum Arbeit suchen.«

»Maman, ich habe noch jedes Mal einen Job gefunden, wenn ich gesucht habe.«

»Ich weiß, aber die Zeiten sind schlecht, und du bist auch keine dreißig mehr, niemand stellt mehr Leute in deinem Alter ein, sie wollen jüngere!«

»Maman, ich bin dreiundvierzig, du tust so, als wäre ich am Ende.«

»Mein Schatz, man wirft nicht alles, was man aufgebaut hat, aus einer Laune heraus weg. Was machst du, wenn es nicht klappt? Wer zahlt deine Miete? Wenn du verheiratet wärst, wäre es etwas anderes, du könntest auf jemanden zählen, aber du bist allein, du kannst ein solches Risiko nicht eingehen. Und deine Tochter, hast du an deine Tochter gedacht?«

»Maman, ich glaube, diese Diskussion führt zu nichts.«

Sie wird weiter von Schlaflosigkeit geplagt. Nachts liegt sie mit offenen Augen da und schaut zur Decke. Sie kennt jeden Riss, jede Ecke, in der die Farbe abblättert. Sie starrt die Decke an und fragt sich, ob sie eines Tages den Mut haben wird, alles aufzugeben, die Kohle, den Komfort, den vorgezeichneten Weg, für die Chance, sich zu finden.

Es ist der 15. Juni 2016.

8

Sie hat die neue Firmensatzung bekommen. Sie hat Konzeption, Produktion, Verkauf und Weiterverkauf aller Artikel und Accessoires, die mit einer Tätigkeit im Bereich Prêt-à-porter und Mode zusammenhängen, hinzufügen lassen. Im letzten Moment hat sie außerdem, ohne wirklich zu wissen, warum, »Konzeption, Kreation, Produktion, Kauf und Verkauf von Inneneinrichtungsartikeln« hinzugefügt.

Sie verlässt das Büro und geht beim Feinkosthändler vorbei, um ein paar Knabbereien zu kaufen. Marc kommt zum Essen. Sie hat ihn nach ihrer Rückkehr aus Rabat ein paar Mal gesehen. Er weiß, dass er es langsam angehen muss.

Er taucht mit Blumen auf, küsst sie, sie sitzt auf dem Wohnzimmerteppich, und auf dem großen weißen Holztisch vor ihr sind Dutzende vollgekritzelter Blätter verteilt.

»Was treibst du da?«

»Ich suche einen Namen. Wir haben heute die neue Satzung bekommen, ich muss den Eintrag ändern, den Agenturnamen kann ich für die neuen Aktivitäten nicht behalten, ich muss etwas Neues finden.«

»Lass sehen. Was ist dein Ansatz?«

»Ich weiß nicht … wenn wir einen Concept-Store aufmachen, muss Concept-Store im Namen vorkommen. Ich glaube nicht an diese schönklingenden Bezeichnungen, die nichts bedeuten. Aber sonst sind dem keine Grenzen gesetzt.«

»Hast du geschaut, was es bereits gibt? Es ist immer interessant zu sehen, wie die Konkurrenz sich aufstellt.«

»Nein, aber ich will auch nicht schauen, was die anderen machen. Sonst denke ich danach immer, dass ich es nicht so gut mache, das verwirrt mich. Ich will mit einem weißen Blatt starten und auf die richtige Idee warten.«

»Du hast deinen Namen schon, nur siehst du ihn nicht.«

Er nimmt sanft ihre Hand, küsst ihr Handgelenk und murmelt: »Schau, da ist dein Name.«

An ihrem Handgelenk ist mit schwarzer Tinte der Buchstabe M eintätowiert. Das M für Milly.

An jenem Abend schläft er mit ihr, aber bleibt nicht über Nacht. Er zieht beim Hinausgehen leise die Tür zu, hinterlässt ihr ein paar Liebesworte auf einem Zettel, damit sie sie beim Frühstück findet. Sie erwacht mitten in der Nacht, schaltet ihren Computer ein, um ein letztes Mal die Präsentation für Vertlogistics zu lesen. Sie lässt die Slides vorbeiziehen, die ihr Briefing vom Nachmittag aufgreifen. Auf der letzten Seite angekommen, fühlt sie sich leer. All das ist sinnlos geworden.

Sie geht auf die Website von Air France und bucht ein Flugticket nach Casablanca.

Es ist der 16. Juni 2016.

9

»Meine Damen und Herren, herzlich willkommen an Bord der Boeing 777 der Royal Air Maroc, unser Flug nach Casablanca wird in Kürze beginnen. Unsere Flugzeit liegt geschätzt bei zwei Stunden und zweiundfünfzig Minuten, das Wetter vor Ort ist ausgezeichnet, mit wolkenlosem Himmel und 27 Grad Celsius Außentemperatur. Unser Bordpersonal steht Ihnen zur Verfügung, damit Sie Ihren Aufenthalt an Bord genießen. Der Kapitän und alle Crew-Mitglieder danken Ihnen, dass Sie Royal Air Maroc gewählt haben, und wünschen Ihnen eine angenehme Reise.«

Sie hebt ab, ihren Laptop unter dem Arm. Sie hat ein Zimmer in einem kleinen Hotel im Stadtteil Gauthier reserviert. Ihr Bruder wird in ein paar Tagen nachkommen, um seinen Geburtstag mit ihr zu feiern. Sie fliegt ein wenig früher, um die Stadt zu erkunden, Fabrikanten zu treffen, die Designer abzuklappern. Ihr Projekt hat Blei in den Flügeln, aber sie hat nicht aufgegeben. Sie hat lediglich die Tatsache akzeptiert, dass es kompliziert wird. Sie arbeitet. Sie macht Aufstellungen, schreibt Listen mit offenen Punkten, stellt ein vorläufiges Budget und eine kostengünstige PR-Strategie auf, die sich auf die sozialen Netzwerke, vor allem Instagram und Facebook stützt. Sie weiß, dass ihre Agentur die Rechnung tragen muss, zumindest am Anfang, also bleibt sie auch da am Ball. Sie umsorgt ihre Stammkunden, zieht neue Verträge an Land, auch wenn die Konkurrenz hart ist. Sie reiht Meetings mit Kunden und Media Trainings zur Vorbereitung der Medienauftritte aneinander und schaltet abends, sobald ihre Tochter im Bett ist, noch einmal den Computer ein und liest, sucht stabile Zahlen zur Textilindustrie, macht Notizen.

Sie hat Claire eingestellt, eine junge Elite-Absolventin mit der richtigen Herangehensweise, um mit ihr an dem Projekt zu arbeiten, und plötzlich wirkt alles real. Zu zweit fangen sie an zu brainstormen, kontaktieren die Botschaft, um sich nach Subventionen zu erkundigen – ohne Erfolg, aber sie suchen weiter. Nachts zerpflücken sie Statistiken zu den wirtschaftlichen Entwicklungsperspektiven Afrikas. Am Morgen sind sie so müde, dass man es ihnen aus hundert Meter Entfernung ansieht, aber sie hat endlich ein Projekt, eine Zukunft, etwas, was sie aufrecht hält.

Sie holt die mitgebrachten Reiseführer hervor, um ihr Programm für den folgenden Tag vorzubereiten. Sie hat drei Tage. Über Google hat sie ein paar Läden gefunden, die sie nicht auslassen darf, sie hat Treffen mit marokkanischen Freunden vereinbart, die die Stadt sehr gut kennen, dazu ein Abendessen mit einem potenziellen Geschäftspartner, aber sie will vor allem ein Gefühl für Casablanca bekommen, die riesige Megalopole, in der die reichsten Familien des Landes neben denjenigen wohnen, die durch das System gerutscht sind, in den Armenvierteln, wo sie Europa auf der anderen Seite des Meeres als einzige Chance auf eine Zukunft sehen.

Sie nimmt ein Taxi, um zu ihrer Verabredung in einem der angesagten Restaurants zu kommen, die am Steilhang an der Landspitze eröffnet haben. Die riesige Terrasse liegt direkt über dem Meer, die Wellen brechen sich an den darunterliegenden Felsen.

Nour Eddine winkt ihr zum Zeichen. Strahlend steht er auf und begrüßt sie mit Wangenküsschen.

»Das ist mir eine solche Freude. Ich habe dir zum Auftakt einen Spritz bestellt, ist das in Ordnung?«

»Das ist wunderbar, wie immer. Ich freue mich auch, hier zu sein. Wartest du schon lange?«

»Nein, seit nicht einmal fünf Minuten. Wie geht es dir, mein Schatz, bist du gut untergebracht, ist das Hotel gut? Ich weiß nicht, warum du nicht wolltest, dass ich dir ein Zimmer im neu eröffneten Four Seasons reserviere, es ist wunderschön, mit Blick aufs Meer, es wäre perfekt für dich gewesen, was machst du im Gauthier-Viertel?«

»Ich liebe dieses Viertel, dort erlebt man das echte Casablanca, das weißt du genau. Mein Hotel bietet vielleicht keinen Meerblick, aber zumindest gibt es Alkohol.«

Er lacht.

»Woher weißt du, dass das Four Seasons seine Lizenz noch nicht hat? Das ist eine verrückte Geschichte, aber es hätte dir nicht geschadet, Tee zum Aperitif zu trinken. Bist du allein hier? Was macht eine Frau wie du allein hier, das ist Verschwendung, weißt du? Du kannst jederzeit einen Ehemann finden, wenn du nur willst. Du musst es nur sagen, schön wie du bist, stelle ich dir schon morgen zehn Kandidaten vor.«

»Nein, du bist ein Schatz, Nour, aber ein Ehemann ist wirklich das Letzte, was ich gerade suche. Ich suche keinen Mann, sondern eine anständige Textilfabrik. Ich muss Prototypen herstellen, und vielleicht eine kleine Kleiderkollektion. In Marrakesch gibt es nichts, aber man hat mir gesagt, dass ich vielleicht in Casablanca fündig werde. Hast du eine Idee?«

»Textilien in Casablanca? Nein, wirklich nicht. Vielleicht in Fes? Sie sind wirklich gute Kunsthandwerker.«

»Aber ich suche kein Kunsthandwerk, sondern eine Textilfabrik. Es gibt hier doch Fabriken, oder?«

»Ja, natürlich, wir werden sicher was finden, wenn du T-Shirts oder so etwas machen willst.«

»Ich will nicht nur T-Shirts machen. Ich will auch Röcke, Hosen, Jacken ...«

»Hör mal, so etwas kenne ich nicht, aber für dich suche ich danach, das weißt du genau. So etwas muss es geben, aber du weißt, dass eher Tunesien auf Textilien spezialisiert ist, das ist nicht unsere Stärke. Und wann kommt dein Bruder?«

»Übermorgen.«

»Ach, fantastisch, ich habe ein klasse Restaurant für seinen Geburtstag reserviert. Halima wird da sein, mein Freund Younès auch, das wird ein schöner Abend, du wirst sehen, es wird ihm gefallen!«

»*Inch'Allah*.«

»Komm, ich bestelle den Wein, Rosé, ist dir das recht?«

»Perfekt.«

Sie lächelt. Und denkt, dass die Sterne wirklich nicht günstig stehen.

Am nächsten Tag wacht sie im Morgengrauen auf. Sie zieht ihre Turnschuhe an und geht laufen. Sie läuft bis zur Hassan-II-Moschee hoch und hält an, um die Sonne zu genießen, die über der Bucht aufgeht. Sie fühlt sich jeden Tag ein bisschen besser.

Drei Tage lang erkundet sie Casablanca, die Souks, das Racine-Viertel, und vor allem das Gauthier-Viertel. Sie ist angesichts der Straßen, in denen die Zeit stillzustehen scheint, der maroden Kopfsteinpflaster, der altmodischen Atmosphäre schockverliebt, flaniert an den Häusern im Art-Déco-Stil entlang, die oft von Juden zurückgelassen wurden, die nach Israel oder woandershin gezogen sind. Die Fenster sind mit Pflanzen überwuchert, die Dächer eingestürzt, der Putz bröselt ab, aber ihr Charme ist offensichtlich. Sie ruft die ausgebleichten Nummern an, die man auf den alten Schildern entziffern kann, die Immobilienagenturen vor Jahren hier aufgestellt haben, ist bereit zu kaufen, alles zurückzulassen, hier einzuziehen und Paris den Rücken zu kehren. Alles ist unbezahlbar.

»Madame, für dieses Objekt existiert ein R+5, das heißt, dass sie ein fünfstöckiges Haus bauen dürfen, kein Käufer will das jetzige Haus behalten, man muss es abreißen und stattdessen ein Bürogebäude bauen, das erklärt den Grundstückspreis. Dieses Objekt ist für eine Baufirma gedacht, gehören Sie zu einer?«

Am letzten Tag geht sie am Meer laufen. Sie zieht ihre Schuhe aus, das kalte Wasser erfasst ihre nackten Füße. Mit den Zehenspitzen schreibt sie ein M in den Sand.

Es ist der 20. Juni 2016.

10

Sie ist erschöpft. Doch sie kommt voran. Die Entwicklungsphase des Projekts ist abgeschlossen, es ist der Moment für Phase zwei, die Suche nach Finanzpartnern. Das ist nicht ihre Stärke. Sie hat sich mit einem alten Freund verabredet, den sie nur von Zeit zu Zeit sieht, der sie aber immer unterstützt hat, einer dieser einflussreichen Typen mit einem meterdicken Adressbuch. Mittwoch um 10 Uhr 30. Er kann ihr Türen öffnen, sie mit Leuten zusammenbringen, die die Mittel haben, ihr zu helfen, sein Netzwerk und sein Einfluss sind riesig, sowohl in Paris als auch in Marokko.

Sie hat bis spät in die Nacht an ihrer Präsentation gefeilt, sie steht unter Druck, es ist das erste Mal, dass sie ihr Projekt jemand Außenstehendem vorstellen wird. Nicht einem ihrer Freunde, die das natürlich gut finden, nein, einem Strategen, der sofort sehen wird, ob es etwas taugt oder nicht.

»Maman, hast du meine Strümpfe fürs Ballett gekauft?«

»Mist, das habe ich vollkommen vergessen, mein Schatz, wir holen sie am Samstag, in Ordnung?«

»Maman, ich brauche sie für meinen Kurs heute Nachmittag, ich kann nicht bis Samstag warten!«

»Kannst du nicht ein letztes Mal die alten tragen?«

»Sie sind gerissen, wir haben sie letzte Woche weggeworfen. Wenn ich keine neuen Strümpfe habe, kann ich heute Nachmittag nicht zum Ballett …«

»Okay, zieh dich an, du kommst sonst zu spät zur Schule. Ich schaue heute Vormittag bei Decathlon vorbei, mach dir keine Sorgen, du bekommst neue Strümpfe für deinen Kurs.«

»Ich hab dich lieb, Maman.«

»Ich dich auch, mein Herz.«

Sie setzt ihre Tochter um 8 Uhr 25 an der Schule ab und fährt zu Decathlon in der Avenue de Wagram. Ihre Verabredung ist um 10 Uhr 30 in der Rue de Tilsit. Die Avenue am Park Monceau ist vollkommen verstopft. Es geht nicht voran. Die Zeit verrinnt, der Druck steigt. Sie geht in Gedanken ihren Tag durch, es ist Mittwoch, sie muss ihre Tochter um 11 Uhr 30 von der Schule abholen. Wenn sie zu spät zu ihrer Verabredung kommt, wird sie auch zu spät zur Schule kommen, aber sie muss wirklich diese Strümpfe kaufen, alles in ihrem Kopf gerät durcheinander, die Strümpfe, der wichtige Kontakt, ihre Tochter, der Schulschluss, die Ballettstunde um 15 Uhr, das schlecht geparkte Auto auf der Avenue, sie denkt, dass sie das niemals schaffen wird, rennt fast auf allen vieren in den ersten Stock, findet die Abteilung »Tanz«, die Strümpfe hängen dort, direkt hinter den Tutus, sie sucht die richtige Größe, findet sie nicht, legt alle Strumpfpaare auf den Boden, sucht die 34, findet sie nicht, schaut auf die Uhr, hat Durst, und auf einmal, im ersten Stock im Decathlon der Avenue de Wagram, nicht weit von den Champs-Elysées, um nicht einmal neun Uhr morgens, blickt sie auf die Ballettstrümpfe, die überall auf dem grässlichen grünen Teppichboden verteilt liegen, und bricht zusammen.

Später wird man ihr berichten, dass sie gefallen ist wie eine Marionette, der man plötzlich die Fäden abgeschnitten hat.

Sie erinnert sich an eine Dame, die sich erkundigte, ob es ihr gut ginge, dass sie verneinte, am Boden liegen blieb, dass eine Verkäuferin ihr ein Glas Wasser brachte, sie sich aufsetzte, um sich auf die Bank mitten im Gang zu setzen, dass man ihr bescheinigte, sehr blass auszusehen, dass sie sagte: »Ich brauche unbedingt Ballettstrümpfe in 34«, woraufhin die Verkäuferin sagte »Ja, ja, machen Sie sich deswegen keine Gedanken, sammeln Sie sich erst mal, Sie haben uns einen gewaltigen Schrecken eingejagt«, und sie antwortete, dass es schon ginge, obwohl es überhaupt nicht ging, ihr nach Weinen zumute war, sie schlecht Luft bekam, ihr Herz raste. Sie erinnert sich, dass der Marktleiter sie fragte, ob er den Notarzt rufen solle, und sie antwortete »Nein, wirklich, das ist nicht nötig, ich werde jemanden anrufen, jemand wird mich abholen, aber ich muss unbedingt die Ballettstrümpfe in 34 kaufen«, dass die Verkäuferin sagte »Nein, das ist nicht wichtig«, dass die andere Dame sie fragte, ob ihr das oft passiere, und sie: »Nein, es ist das erste Mal, ich glaube, ich stehe im Moment ein wenig unter Druck«. Sie erinnert sich, dass sie geistesgegenwärtig genug war, um Claire im Büro anzurufen, damit sie sie im Decathlon auf der Avenue de Wagram abholte, dass die Dame sie fragte, ob nicht ihr Mann sie abholen kommen könne, dass sie beinahe anfing zu weinen, doch schließlich lächeln musste: »Nein, ich habe einen Ehering, aber keinen Mann«.

Sie erinnert sich, dass sie Claire fahren ließ, weil sie dazu nicht imstande war, sie aber dennoch vor dem Rausgehen die Strümpfe gekauft hat.

Und dem sehr wichtigen und einflussreichen Kontakt eine Nachricht schrieb:

»Es tut mir wirklich leid, ich habe ein Last-Minute-Problem, ich muss unsere Verabredung leider absagen, aber ich rufe Sie sehr bald an.«

Es ist vorbei. Viele Monate sollten vergehen, bevor sie wieder in der Lage sein würde, eines Morgens die Schlüssel des Wagens umzudrehen, die Hände auf das Lenkrad zu legen und loszufahren.

Es ist der 22. Juni 2016.

11

Das Riad hat ockerfarbene Mauern und liegt ganz am Ende eines *derb* in der Medina von Marrakesch. Man gelangt über Bab Doukkala dorthin, das Tor der Altstadt am Ende des großen Parkplatzes am Busbahnhof, noch hinter dem Markt. Man geht die Hauptstraße hoch, in der es noch ein paar Läden gibt, biegt mehrmals links, dann rechts ab, geht durch einen kleinen, dunklen Tunnel und ganz am Ende nach rechts. Eine schwarz lackierte Tür mit einem goldenen Schild. Der Pool aus grünen Zellij-Kacheln nimmt fast den ganzen Innenhof ein, es liegen nur ein paar ausgebleichte Kissen auf dem Boden. Das Wasser ist kalt, da der Pool nicht beheizt wird. Strom ist in Marokko teuer. Auf der Terrasse stehen ein paar verlassene Liegestühle aus weiß lackiertem, ein wenig rostigem Schmiedeeisen, deren Matratzen nicht mehr taufrisch sind, und ein großer Mosaiktisch, an dem man frühstücken kann. Hassan hat an jeder Seite ein Stahlkabel befestigt. Darauf lässt sich eine Strohmatte hängen, die vor der Sonne schützt.

Sie trifft dort mit einem Gefühl vollkommener Leere ein. Ihr Projekt ist am Ende, das weiß sie. Im Flugzeug hat sie alle Ordner »Projekt Marokko« von ihrer Festplatte gelöscht. Sie wird akzeptieren müssen, sich auf das Wesentliche zu konzentrieren. Ihre Tochter und ihren Job, der ihr ein angenehmes Leben ermöglicht. Das ist schon etwas. Am Ende hatte ihre Mutter vielleicht doch recht.

Morgens trinkt sie Minztee und gibt vor zu lesen, während sie Sonne tankt. Isa und Nico sind mit den Kindern angekommen, Antoine und die Mädchen müssten bald eintreffen. Sie hat ein großes Haus gemietet, um ihre Familie um sich zu scharen. Jeden Tag geht sie hinaus, irrt durch die kleinen Gassen, wie auf Genesungsurlaub. Sie läuft ein wenig langsamer als vorher, aus Sorge vor einem erneuten Zusammenbruch. Manchmal steigt ohne wirklichen Grund Angst in ihr auf. Sie atmet tief durch, trinkt einen Schluck Wasser und geht weiter. Sie fühlt sich zerbrechlich, obwohl ihr nichts fehlt. Ihr Arzt hat sie von Kopf bis Fuß durchgecheckt: »Du bist in Topform.« Es strengt sie schon an, einen Fuß vor den anderen zu setzen. »Fahr in den Urlaub, raus aus Paris, ruh dich weit weg von hier aus, du brauchst nur mal einen Tapetenwechsel.«

Ihr ist von morgens bis abends nach Weinen zumute, ganz zu schweigen von den Nächten, die sie damit verbringt, Serien zu schauen, um zu vermeiden, dass sie an irgendetwas und vor allem an ihn denkt. Sie ist wütend, weil sie sich wie in einem Käfig fühlt, ohne ihr Leben ändern zu können. Sie streift zwischen dem Gewürzmarkt und der Place Jemaa-el-Fna umher, geht in die Rue Dabachi, biegt nach links in eine kleine schattige Gasse ab, in der keine Touristen sind. An der abgewetzten Tür eines Ladens liest sie *»Immobilienagentur«* auf Französisch und Arabisch. Sie sieht zwei kleine alte Männer in Djeballa darin sitzen. Sie kommen gerade aus der Moschee, trinken zusammen Tee. Beide halten einen alten Gehstock aus Olivenholz in ihren faltigen Händen. Sie schauen sie an, als sie hereinkommt.

»Salam.«

»Salam.«

»Ich suche nach einem Riad in diesem Viertel, ein paar Renovierungsarbeiten wären in Ordnung, aber nicht zu viel. Hätten Sie da etwas anzubieten?«

Sie erheben sich.

»Sei willkommen, Mademoiselle, hübsche Mademoiselle, nicht weit von hier, ich kann es dir gleich zeigen, wenn du willst.«

»Ich folge Ihnen, aber trinken Sie bitte zuerst Ihren Tee, ich warte draußen.«

Sie geht hinaus, schaut den Passanten zu. Ein Mann versucht mit Mühe, ein Muli mit einem Karren voller Wollballen hinter sich herzuziehen, beim Metzger stehen sie Schlange. Die Fleischstücke liegen direkt auf dem wurmstichigen Tresen, ein paar Fliegen kreisen darum. Sie kann die noch lebenden Hühner in den Kästen dahinter erahnen. Eine Frau sitzt auf der langen ockerfarbenen Mauer und verkauft Minze aus einem alten Korb.

»Gehen wir, Mademoiselle?«

»Ja, Entschuldigung, ich folge Ihnen.«

»Und du suchst dein Haus schon lange?«

»Seit fünf Minuten.«

Im Labyrinth der Medina ist sie zehn Mal drauf und dran, sie zu verlieren. Sie sind dort aufgewachsen, kennen im Viertel jede Abkürzung. Wenn sie sie abhängen, denkt sie, wird sie nicht zurückfinden. Sie weiß nicht, dass eines Tages auch sie jeden Winkel der Medina kennen wird. Sie gelangen an das Ende einer Sackgasse, schließen mit einem großen Schlüssel eine Tür auf, lassen ihr den Vortritt. Ein langer, dunkler Flur führt in einen Innenhof. Ein halb eingestürzter Innengang umrahmt das erste Stockwerk.

»Können wir hochgehen?«

»Ja, aber nicht über diese Treppe, das ist zu gefährlich, komm hier lang, es gibt einen anderen Weg.«

Im ersten Stock gehen sie von Raum zu Raum. Durch das aufgerissene Dach kann man den Himmel sehen. Vögel haben das Balkengeflecht als ihr Zuhause auserkoren. Sie geht bis zur Terrasse hoch, der Blick auf die Medina ist fantastisch. Ein paar Palmen ragen aus dem Nachbarhof hervor. Sie schaut nach unten. Eine Ruine.

»Wie viel verlangt der Besitzer?«

»Eine Million vierhunderttausend Dirham.«

»Das ist zu viel, so viel ist es nicht wert. Das hier ist eine Ruine, alles muss erneuert werden, die Decke stürzt ein, und es gibt nicht einmal einen Grundbucheintrag.«

»Der Besitzer will eine Million vierhunderttausend Dirham. In der Familie gibt es viele Erben. Jeder muss etwas abbekommen.«

»Ich verstehe, aber zu diesem Preis wird er es nie los. Sagen Sie ihm, dass ich neunhunderttausend Dirham biete.«

»Mademoiselle, sei vernünftig, neunhunderttausend sind nichts für dieses Haus.«

»Das ist kein Haus, sondern eine Ruine. Es sind Bauarbeiten von mindestens hundertfünfzigtausend Euro nötig. Ich kann nicht höher gehen. Ich gebe Ihnen meine Nummer. Wenn der Besitzer sich entschieden hat, rufen Sie mich an.«

Am nächsten Tag lässt der Besitzer ihr mitteilen, dass er ihr Angebot ausschlägt. Aber der Gedanke ist gesät. An den drei folgenden Tagen ruft sie jede Immobilienagentur der Stadt an und besichtigt dreizehn Riads. Am frühen Freitagabend ist sie an der Place du Mourcf verabredet.

Sie folgt dem Makler in die Einkaufsstraße, biegt rechts ab, dann links, kommt an einer Moschee vorbei. Vor einer sehr niedrigen Holztür bleiben sie stehen. Dahinter sind Geräusche zu hören, jemand kommt, öffnet die Tür, sie zieht beim Hindurchgehen den Kopf ein, gelangt durch den Eingangsflur in den Innenhof. Ihre Tochter ist bei ihr. Alles ist weiß, es gibt große Rundbögen, die an Andalusien erinnern und in der Mitte einen Springbrunnen aus Zellij-Kacheln, der ununterbrochen plätschert. Auf einem alten Sofa dösen drei von der Hitze erschöpfte Kätzchen. Sie strecken sich träge, öffnen ein Auge. Ihre Tochter nimmt das Kleinste auf den Arm. Normalerweise lässt sie sie die Katzen der Medina nicht anfassen, aber dieses Mal sagt sie nichts. Sie schaut. Sie weiß nicht warum, aber plötzlich vernebelt sich ihr Blick. Majestätische Holztüren führen zu den Zimmern, ein Meer aus rosa Blüten fließt über die Mauern. Nur ein Nachtwächter achtet auf das Haus. Die Besitzer sind seit ein paar Monaten wieder in Europa.

»Ein sehr hübsches Haus, eine intakte Struktur, es ist nicht viel zu machen, nur ein paar Verschönerungen, die Zimmer könnte man renovieren.«

»Ja, ja.«

»Ich glaube, es entspricht wirklich dem, was Sie suchen. Es ist nicht zu groß und nicht zu klein, hat eine gute Lage, alles ist fußläufig erreichbar.«

»Ja, ja.«

»Und die Terrasse ist groß, das ist wichtig, weil die Terrassen in Riads oft klein sind.«

»Ja, ja.«

»Was den Preis betrifft, haben wir ein wenig Spielraum, denke ich. Und die Besitzer sind bereit, alle Möbel hierzulassen, wenn Sie das interessiert. Das kann für den Anfang nützlich sein, so müssen Sie nicht alles kaufen.«

Sie wünscht sich, er würde den Mund halten. Eigentlich wünscht sie sich, dass er geht. Er stört, als wäre sie bereits zu Hause. Sie schaut zu ihrer Tochter, die immer noch mit den Katzen spielt, und fragt: »Gefällt es dir hier, mein Schatz?«

»Nur, wenn wir die Katzen behalten.«

Sie schaut den Makler an und sagt: »Ich kaufe es. Mit den Katzen.«

Es ist der 10. Juli 2016.

NEW YORK

1

In Montmartre ist Frühling. Die Touristen gehen wieder den Weg zur Basilika hoch, um dort eine Kerze oder einen Wunsch zu hinterlassen, die Mäntel bleiben erneut in den Garderoben der Eingangsflure, schüchterne Sonnenstrahlen wärmen die ersten geöffneten Caféterrassen des Viertels.

»Ein Stück weiter rechts. Nein, warten Sie, so ist es nicht ganz in der Mitte.«

»Vergessen Sie nicht, dass daneben noch der Punkt kommt, wenn ich das M in die Mitte setze, wird beides zusammen nicht mehr zentriert sein.«

»Sie haben recht, schieben Sie das M also wieder ein bisschen nach links.«

Sie geht über die Straße, dreht sich um, schaut auf die Fassade.

»So ist es gut, los, Sie können es festdrücken, so ist es perfekt.«

Sie hat Symbole schon immer gemocht. Das M, das über der Tür des neuen Ladens klebt, ist eines. Es ist nicht das, wovon sie geträumt hat, aber sie hat sich an den Gedanken gewöhnt.

Sie hat die Agentur wieder im Griff. Vorbei mit den verkorksten Projekten, die in sich zusammenfallen, sobald man sie mit dem Realitätsprinzip konfrontiert, man muss zu schätzen wissen, was man hat, anstatt immer etwas anderem hinterherzurennen. Sie gibt auf, aber sie muss diese neue Etappe dennoch markieren, wie um ein neues Kapitel aufzuschlagen. Dafür benötigt sie ein Symbol, immer. Sich aus ihrem Loch zu ziehen war schwer. Nach und nach hat sie sich aufgerappelt, dank ihrer Tochter und dem neuen Haus in einem Winkel der Medina von Marrakesch. Es ist nun fast ein Jahr her. Sie hat dort ihre Wunden verarztet. Monatelang hat sie sich nicht mehr ans Steuer ihres Fiat 500 gesetzt und er blieb vor ihrem Haus stehen. Und dann, eines Morgens, hat sie den Schlüssel im Zündschloss herumgedreht. Es gelang ihr, eine Runde durchs Viertel zu fahren, ohne dass sie den Wagen am Straßenrand hatte stehen lassen müssen. Am nächsten Tag fuhr sie noch ein bisschen weiter, so wie man nach monatelanger Bettlägerigkeit das Gehen neu erlernt. Eine Woche später fuhr sie über die Seine nach Saint-Germain-des-Prés. Sie parkte in einer Straße hinter der Kirche Saint-Sulpice, lief eine Zeit lang die Wege des Jardin du Luxembourg entlang, um durchzuatmen, bevor sie wieder losfuhr und Paris in die andere Richtung durchquerte. Sie hielt sich für geheilt.

Jeden Morgen kam sie an dem Ladenlokal vorbei, in dem sich ein paar Jahre zuvor eine Eventagentur befand, die Pleite gemacht hatte. Das musste nun drei Jahre her sein. Das Schaufenster war trotz des Warnschilds, das ein gutgläubiger Makler dort aufgehängt hatte – »*Plakatieren verboten*« –, mit alten, ausgebleichten Reklameplakaten übersät. Ein Zu-vermieten-Schild hielt noch wie durch Zauberhand über der Eingangstür. Eines Morgens ging sie dort wie jeden Tag vorbei, aber dieses Mal zückte sie ihr Handy, wählte die Nummer und hörte sich sagen: »Guten Tag, ich rufe wegen des Ladens in der Rue Lamarck an, ich bin daran interessiert, kann ich ihn besichtigen?«

Wenig später trat sie in die Büroräume der Agentur.

»Wir ziehen um.«

»Was soll das heißen, wir ziehen um? Wohin denn?«

»Ihr habt richtig gehört. Wir ziehen um. Wir sind seit acht Jahren hier, es ist Zeit für einen Wechsel.«

»Aber das Viertel ist super, Boss, wir haben es gut hier, wir wollen nicht wechseln.«

»Ihr vielleicht, aber ich habe genug von der grauen Fassade des Gebäudes gegenüber und dem fehlenden Sonnenlicht, ich will die Straße sehen, das Leben und die Leute. Beruhigt euch, wir ziehen nicht weit weg, nur zehn Hausnummern weiter, von der 44 in die 54, ich denke, so viel Anpassungsgabe werdet ihr haben, um diese drastischen Veränderungen zu überleben.«

»Ach, wenn es nur zehn Hausnummern sind, geht es.«

Das neue Ladenlokal ist kleiner, aber hell. Bei schönem Wetter flutet das Sonnenlicht den Raum, dank der zwei großen Schaufenster, hinter denen die Treppen zur Place du Tertre hinaufführen. Die alten Damen des Viertels haben ihr erzählt, dass hier vor langer Zeit, bevor die Lebensmittelhändler der Straße hinwarfen, eine Metzgerei war. Kurz nach dem Krieg. Nun also eine PR-Agentur. Sie würden ein bisschen zusammenrücken müssen, den Konferenzraum aufgeben. Sie veranstalten ohnehin keine Konferenzen außer denen in der Bar nebenan, sie hält das für Schnickschnack.

»Das M über der Tür ist wirklich klasse. Heißt das, du änderst das Logo der Agentur?«

»Ich weiß es nicht, ich habe nicht wirklich darüber nachgedacht. Aber das sollte ich wohl. Das Logo ist zehn

Jahre alt, es könnte ein wenig Auffrischung vertragen. Ich werde mit einem Grafiker über das neue Erscheinungsbild sprechen, vielleicht ist das die Gelegenheit, den Namen zu ändern, M. L'Agence wäre hübscher, aber ich habe geschaut, das gibt es schon, ich muss etwas anderes finden. Aber wenn ich vom Buchstaben M ausgehe, kann ich ihn eines Tages auch für andere Aktivitäten verwenden und es bleibt kohärent.«

»Welche anderen Aktivitäten?«

»Ich weiß es nicht, nichts, aber man weiß nie.«

»Und was machst du mit den beiden Schaufenstern?«

»Ich lege Kissen hinein, ein paar Bücher, eine Stimmung wie zu Hause, das ist im Trend. Wenn man heutzutage junge Consultants anziehen will, dürfen die Büros keinesfalls aussehen wie Büros, sonst kommen sie nicht. Sie müssen das Gefühl haben, sich zu amüsieren, nicht zu arbeiten. Hätte ich genug Platz, würde ich einen Fußballtisch hineinstellen, doch dafür ist es wirklich zu klein.«

Der Elektriker fixiert die Leuchten über den Arbeitsplätzen, der Techniker richtet die acht Computer ein und überprüft, ob alles richtig ans Netz angeschlossen ist. Sie hat auf jeden Schreibtisch kleine Lampen gestellt, die ein weiches Licht schaffen, an die Seiten Holzregale mit ein paar Hängepflanzen, dazu Schwarz-Weiß-Fotos aus Marrakesch an der hinteren Wand und ein paar hübsche Papierkörbe aus goldenem Metall. Es ist alles da, außer der Kaffeemaschine.

»Wir haben das erste Strategie-Meeting mit dem Steuerberaterverband nächsten Mittwoch um fünfzehn Uhr.«

»Nicht machbar, ich bin nicht da, wir müssen es um eine Woche verschieben.«

»Sie werden beleidigt sein, sie wollen, dass wir so schnell wie möglich die Erneuerung ihrer PR-Tools lancieren.«

»Sie haben seit fünfzehn Jahren komplett altmodische PR-Tools, da können sie noch eine Woche länger warten, oder? Ich bin die ganze Woche in Marrakesch, das sage ich auf keinen Fall ab, vor allem nicht für einen Notfall, der keiner ist. Wenn du auf sie hörst, ist es immer dringend, obwohl sie gestern noch nicht einmal wussten, dass das existiert. Das ist die Diktatur des Jetzt. Ich habe ein sehr gutes Buch darüber gelesen, das werde ich ihnen schenken, so sind sie beschäftigt, während ich weg bin.«

»Okay, ist gut, ich rufe sie an und verschiebe es.«

»Danke. Und du wirst sehen, es wird gut laufen.«

»Ich habe bereits eine Präsentation für ihren neuen Newsletter vorbereitet, das Presse-Dossier ist fertig, die Liste der One-to-one-Frühstückstreffen ist zuerst aufzustellen.«

»Und was werden sie den Journalisten bei diesen Frühstückstreffen erzählen?«

»Das ist eben Thema des Meetings.«

»Aber haben sie schon eine Idee, was sie sagen wollen?«

»Da bin ich mir nicht sicher.«

»Okay, ich verstehe. Sie wollen in der Presse sein, aber haben nichts zu sagen, und wir sollen ihnen wieder die Marmelade aufs Brot schmieren, damit die Journalisten den Eindruck haben, dass sie super interessante Typen vor sich haben, obwohl sie die wirtschaftliche Lage nicht einmal ansatzweise durchschauen. Setze für nächste Woche einen Call zu den Talking Points an, das mache ich von Marrakesch aus, und ich arbeite an den Points, die wir in der Woche darauf, wenn wir sie sehen, festlegen. Läuft sonst alles gut, habt ihr euch an die neuen Räume gewöhnt? Sie sind doch wirklich besser als die alten, oder?«

»Ja, wirklich, es ist sehr angenehm, rausschauen zu können. Es kommen nur manchmal Leute tagsüber rein, weil sie wegen der Kissen und den anderen Sachen, die du ins Schaufenster gelegt hast, denken, dass wir ein Deko-Laden sind. Das ist nervig, wir telefonieren mit einem Kunden oder einem Journalisten und müssen unterbrechen, um zehn Mal am Tag zu erklären, dass wir nur eine PR-Agentur sind. Vielleicht sollten wir ein Schild an die Tür hängen.«

Sie lächelt.

»Okay, ich werde eins hinhängen.«

Sie legt in jedes Schaufenster ein kleines Schild. Darauf steht:

»Liebe Passanten, wir sind eine PR-Agentur. Leider sind wir kein Laden, der für Publikum geöffnet ist. Die Gegenstände im Schaufenster sind nur zur Dekoration unserer Räume gedacht und stehen nicht zum Verkauf. Vielen Dank und einen schönen Spaziergang.«

Sie schaut zu, wie die ersten Flugzeuge abheben. Sie ist wieder mal zu früh dran, beim Zoll war niemand, sie muss fast zwei Stunden totschlagen. Sie trinkt einen Tee, scrollt durch Instagram, schaut zu, wie die Sonne aufgeht. Sie reist gern dorthin, es gibt wenige Orte, an denen sie sich so wohlfühlt. Sie denkt an das Gespräch zurück, das sie am Vortag mit Eloi geführt hat. Auch sie hat mehrmals erklären müssen, dass nichts zum Verkauf stehe, dass dies kein Deko-Laden sei. Sie klappt ihren Laptop auf, um an den Talking Points für den Steuerberaterverband zu arbeiten, und schickt ihrem Bankberater eine E-Mail:

»Guten Tag,
ich hoffe, es geht Ihnen gut.
Ich benötige eventuell eine Maschine, um im Büro Kartenzahlung zu ermöglichen. Ich weiß nicht, wie das funktioniert, aber können Sie mir sagen, wie viel das kostet und ob es einfach zu handhaben ist?
Danke.
Mit besten Grüßen.«

Es ist der 5. Mai 2017.

2

»Sana, bist du da?«

»Ja, Madame, ich komme.«

»Guten Tag, Sana.«

»Guten Tag, Madame. Hatten Sie eine gute Reise?«

»Ja, sehr gut. Ich freue mich so, hier zu sein. Anne und Alexandra kommen heute Abend zum Essen, kannst du uns dein Lamm-Tajine zubereiten, das mit Pfirsichen und Mandeln?«

»Ja, natürlich, Madame. Der Herr von Radeema ist da, er ist wegen des Zählerwechsels hier, und die Klimaanlage im blauen Zimmer ist defekt, und eine Lampe im Pool geht nicht mehr, und auf der Terrasse muss ein Sonnenschutz für den Tisch her, sonst ist es zu warm zum Essen, und außerdem ist der *mokadem* vorbeigekommen, um sich vorzustellen, er hat gebeten, dass Sie ihn zurückrufen, und die Box geht ständig kaputt, man müsste zu Maroc Telecom, damit sie die Verbindung überprüfen, und ich habe Tee gekocht, möchten Sie Tee, Madame?«

»Sehr gerne, Sana.«

Sie geht nach oben, um ihren Koffer in ihrem Zimmer abzustellen. Sie hört die Vögel. Eine Katze streift ihr um die Beine, sie streichelt sie beiläufig, geht hinaus auf den Gang. Sie atmet tief durch, schaut zum Blau des Himmels hinauf. Jedes Mal, wenn sie an diesen Ort kommt, ist sie aufs Neue von der Schönheit und Erhabenheit, die er ausstrahlt, berührt, nur ein paar Hundert Meter von dem Treiben des Marktes auf der Place du Mourcf entfernt. Die dicken Mauern halten den Lärm davon ab, in dieses Paradies der Ruhe und der Träumereien einzudringen. Sie trinkt ihren Tee, zieht ihre Pariser Kleidung aus, um in den Sommermodus zu wechseln. Sie zieht ein T-Shirt aus leichter Baumwolle, ihren Jeansrock und Sandalen an und bricht zu einem Spaziergang durch die Straßen auf. Die lange To-do-Liste von Sana kann warten.

»Warte nicht mit dem Mittagessen auf mich, ich komme am Nachmittag zurück. Soll ich etwas mitbringen?«

»Nein, Madame, ich habe bereits für das Abendessen eingekauft.«

»Ich hole also nur etwas *chebbakia* für den Obstsalat.«

»Einverstanden, Madame, bis nachher.«

»Bis nachher, Sana.«

Sie hat ein paar Wochen gebraucht, bis sie sich in diesem Gewirr aus sich ähnelnden Gassen zurechtfand, aber nun fühlt sie sich hier zu Hause. Sie kann sich gut in der Medina orientieren, auch wenn es unmöglich ist, jeden Winkel oder jede Abkürzung zu kennen, aber die Ladenverkäufer halten sie zumindest nicht mehr für eine Touristin. Sie grüßen sie als Nachbarin: *»Salamalikum, labès la Marrakchia? Labès, hamdullah.«*

Sie liebt den Gesang des Muezzin am frühen Morgen, die noch kühle Luft, wenn sie aufs Dach geht, um die aufgehende Sonne zu bestaunen, die Bergspitzen des Atlas' in der Ferne, ihre Katzen, die um ihre Beine streifen, auf der Suche nach einem Streicheln, die Gerüche aus der Küche, wenn das Tajine köchelt, die Djeballas der Männer, die am Boden streifen und den Staub aufwirbeln, den der *Chergui* gebracht hat, der Saharawind, die löchrigen Pfannkuchen mit Honig, das Lächeln der Leute. Wie viele hatten ihr, als sie sich zum Kauf entschloss, gesagt, dass sie verrückt sei, dass es für eine alleinstehende Frau nicht wirklich vernünftig sei, ein Haus in diesem Land zu kaufen, dass die Renovierungsarbeiten ewig dauern würden, sie nie in dieses Riad ziehen, man sie über den Tisch ziehen würde, und sowieso, was sie denn allein dort wolle? Sie hatte wieder zu leben gelernt.

»Labès?«

»Hamdoula. Und du Nour Eddine, *labès?* Sag mal, ich würde gern bestickte Körbe machen lassen, aber ich weiß nicht, wie ich sie nach Paris mitnehmen soll. Ich fürchte, dass sie mir nicht erlauben, sie als Gepäck aufzugeben, und als Handgepäck gehen sie auch nicht durch.«

»Wie viele willst du?«

»Vielleicht fünfzehn. Ich weiß nicht genau, was ich mit ihnen mache, das ist nur eine Idee, die ich gern austesten würde.«

»Und was willst du draufhaben?«

»Ich will die gleiche Form wie die, die ich für das Riad habe machen lassen, mit den großen Lederhenkeln und einer schwarzen Bommel, und auf die Vorderseite soll *Parisienne forever* oder *Montmartre mon amour* gestickt sein.«

»Ich kann sie machen und sie zu dir nach Paris liefern lassen, kein Problem. Pro Kilo kostet der Transport fünfundzwanzig Dirham.«

»Super. Und kann ich eine Rechnung haben? Sie sind für meine PR-Agentur in Paris.«

»Ich kann dir eine Quittung mit Stempel ausstellen.«

»Okay. Dann machen wir es so. Kannst du mir einen Korb vorab machen, damit ich ihn zu Hause fotografieren kann? Und die anderen schickst du nach Paris?«

»In Ordnung, ich schicke dir morgen von jedem Modell einen Korb ins Riad. Gegen neun Uhr, passt das?«

»Perfekt. *Choukran. Beslama.*«

»*Beslama.*«

Kurz nach neun Uhr ertönt das Knattern des Motorrollers im *derb*. Der Kunsthandwerker kommt herein, auf den Armen einen riesigen blauen Sack.

»Ich habe mehrere gemacht, mit verschiedenen Schriften, damit du aussuchen kannst.«

Sie hängt sich den Korb über die Schulter und schaut in den Spiegel.

»Nour Eddine, sie sind wirklich schön, ich bin zufrieden. Machst du mir zwanzig von jedem? Bis wann kannst du sie mir nach Paris liefern?«

»Ich kann sie Ende nächster Woche losschicken, Inch'Allah. Du bekommst sie dann in der Woche danach.«

»Das ist perfekt.«

Sie schickt ihrem Bankberater eine E-Mail, um ihm zu bestätigen, dass sie ein Kartenlesegerät braucht und es nett von ihm wäre, wenn er im Büro vorbeikommen und ihr zeigen könnte, wie es funktioniert. Ihr ist wohl bewusst, dass sie mit Körben kein Business starten wird. Sie macht sich ein Bier auf und tippt »Heim- und Dekorationsmesse« bei Google ein. Ihre Mutter hatte ihr davon erzählt, sie geht jedes Jahr dorthin, fünf Tage und Tausende Stände von Herstellern, die auf Inneneinrichtung spezialisiert sind. Auf der Website kündigen sie das Datum der nächsten Ausgabe im September an. Sie klickt auf

»Eintrittskarte bestellen«. Es ist an der Zeit, dass sie sich da mal umsieht.

Sie kehrt zu den Souks mit einem anderen, forschenden Blick zurück. Sie schaut jeden Stand an, als hätte sie ihn noch nie gesehen, fragt sich, welche der angebotenen Dinge in eine Pariser Wohnung passen würden, was man davon verändern, was selbst herstellen könnte. Sie kauft nichts, aber in ihrem Kopf fängt sie an, Listen zu erstellen.

Ein paar Tage später ist sie wieder in Paris. Vor der Agentur, auf dem Bürgersteig, stellt sie einen Garderobenständer auf und hängt ihre Körbe daran. Auf ein an die Wand geklebtes Blatt Papier schreibt sie mit Bleistift

»39 Euro«. Auf Instagram postet sie ein Foto des brandneuen Kartenlesers, der auf dem kleinen Tisch am Eingang steht, und darunter schreibt sie:

»Der Tag, an dem du das erste Mal in deinem Leben eine Kartenzahlung verbuchen wirst.«

Es ist der 8. Juni 2017.

3

Seit zwei Tagen streift sie durch die Gänge des Messegeländes in Villepinte. Zum ersten Mal nimmt sie an dieser weltweiten Zusammenkunft von Inneneinrichtern teil. Sie kennt die Gepflogenheiten nicht, hat keine Visitenkarten dabei. Wobei die einer Leiterin einer PR-Agentur ihr ohnehin wenig genützt hätten. Sie versucht zu verstehen, wie alles funktioniert, tauscht sich schüchtern mit den Ausstellern aus, die sie fragen, ob sie ein Ladengeschäft oder einen Onlineshop betreibt. Wenn sie schmallippig antwortet, dass sie nichts davon habe, sich nur erkundige, machen sie auf dem Absatz kehrt, um sich um interessantere Käufer zu kümmern. Sie notiert in einem kleinen Heft die Namen der Marken, die ihr gefallen, die Standnummern, um sie wiederzufinden. Sie will erst alles sehen, nichts überstürzen, die Messe geht über fünf Tage, sie will sich vor der Entscheidung Zeit lassen. Sie erkundet die Gänge mit den Stoffwaren, den Möbeln, allerlei Schnickschnack, zögert, sie weiß nicht recht, was sie will, hat das Gefühl, alles schon einmal, tausend Mal, gesehen zu haben. Sie verliert keine Zeit, sie lernt. Über Lagerware, Lieferzeiten, Bestellminima, Margen, empfohlene Verkaufspreise, Lieferanten, die keine neuen Vertriebsstellen wollen, sie ist eingeschüchtert, nicht am richtigen Platz. An den Ständen wird Champagner getrunken, sich umarmt, man kennt sich, man trifft sich hier zweimal im Jahr seit zwanzig Jahren. Sie schiebt sich durch, beobachtet und fängt an, sich ihre Welt auszumalen. Am letzten Tag nimmt sie ihr Notizheft in die Hand und kehrt zu den ausgewählten Ständen zurück. Sie gibt an einem Tag dreißigtausend Euro aus. Auf der Rückfahrt im Auto ist ihr ein wenig schwindelig.

»Aber wo willst du das alles unterbringen? Bist du verrückt?«

»Ich weiß nicht, in meinem Keller.«

»In deinem Keller? Bei dir zu Hause? Du wirst Ware für dreißigtausend Euro in deinem Sechs-Quadratmeter-Keller lagern, der bereits mit Körben vollgestellt ist? Bist du auf Droge, oder was?«

»Nein, ich weiß nicht, ich werde eine Lösung finden, ich habe noch Zeit, vor Monatsende wird nichts geliefert. Ich habe zugesagt, die Lieferadresse nächste Woche zu bestätigen. Schlimmstenfalls miete ich eine Zeit lang einen Lagerraum an, bis ich alles organisiert habe. Jemand hat mir erzählt, dass man für einen, zwei oder sechs Monate eine Box mieten kann.«

»Daran hättest du vorher denken können, oder?«

»Ja, das hätte ich. Habe ich aber nicht. Ich wollte nur schauen, aber ich habe mich hinreißen lassen. Ich werde einen Onlineshop einrichten, das wird reichen, das Lager wird bald leer sein, da bin ich sicher.«

»Wenn du es sagst.«

Den ganzen Sommer über hat sie darüber nachgedacht, welche Richtung ihr Leben nimmt. Nach den Körben, die in wenigen Tagen ausverkauft waren, hat sie angefangen, von ihren Reisen nach Marokko ein paar Teppiche mitzubringen, die sie über Instagram verkaufte, Überwürfe aus Baumwolle, Hocker aus Leder und Schnabelschuhe mit Quasten. Der Gedanke, dass das fallen gelassene Projekt unauffällig dabei war, wiederaufzuerstehen, setzte sich nach und nach fest. Sie sah immer noch nicht recht, wohin es ging, aber die Idee nahm Form an, auch wenn ihr Steuerberater sie, neben tausend anderen Personen mit guten Absichten, gewarnt hat: »Sie müssen aufpassen. Ihre Consultants sind nicht als Verkäufer da. Wenn einer von ihnen Sie vor Gericht zieht, werden Sie Ärger bekommen.«

»Aber sie arbeiten weiter an ihren Aufträgen, ihre Arbeit ist die gleiche.«

»Ja, aber sie sollten nicht zwischen Körben arbeiten, und noch weniger sollten sie Artikel abkassieren, auch wenn es nur gelegentlich ist, wenn Sie nicht da sind. Das ist nicht Teil ihrer Arbeitsbeschreibung. Sie sind da hart an der Grenze.«

»Das Problem wird sich sowieso von allein lösen. Einer meiner Consultants möchte sich selbstständig machen, ein zweiter hat gerade gekündigt, um zu seiner Verlobten nach Marseille zu ziehen, und ich werde sie erst mal nicht ersetzen.«

»Aber wie wollen Sie Ihre Aktivitäten aufrechterhalten, wenn Sie die Angestelltenzahl reduzieren?«

»Ich werde ihre Arbeitsleistung eine Zeit lang selbst kompensieren, es bleiben noch zwei Beraterinnen, die einen Vertrag bis Jahresende haben. Das lässt mir genug Zeit, um alles neu zu ordnen.«

»Das müssen Sie selbst wissen, aber passen Sie auf. Ihre Agentur läuft gut, aber alles hängt an Ihnen. Wenn Sie sich weniger einbringen, kann das Ganze schnell den Bach runtergehen.«

»Ich weiß, ich weiß. Ich bin vorsichtig. Aber es eröffnen sich neue Möglichkeiten, und ich möchte sie ungern verpassen.«

»Nun ja, ich muss Ihnen schon sagen, dass es nicht besonders vernünftig ist, ein Einrichtungsgeschäft zu eröffnen. Ihre Räume sind ansprechend, aber sie liegen nicht in einer Einkaufsstraße, es gibt keine Laufkundschaft und die Branche steckt in der Krise. Es ist ein Unterschied, ob man ein paar Körbe an die Mamis verkauft, die ihre Kinder von der Schule abholen, oder ob man ein echtes Geschäft aufbaut.«

»Danke für Ihre Ermutigungen.«

Ihre Website ist ihre neue Obsession. Sie arbeitet Tag und Nacht daran. Abends kümmert sie sich um ihre Tochter, doch sobald diese im Bett ist, setzt sie sich wieder bis spät an ihren Schreibtisch. Sie kümmert sich immer weniger um die Agentur, die Kunden fangen an, sich zu beschweren, andere sagen, sie hätten sie gesehen, wie sie marokkanische Teppiche auf Instagram verkauft, und fragen, ob das wirklich sie sei oder ob es sich um eine Verwechslung handele. Sie versucht sie zu beruhigen, indem sie ihnen versichert, dass sie dies in ihrer Freizeit tue, obwohl sie immer mehr Zeit darauf verwendet.

Es ist sieben Uhr morgens. Der Wecker klingelt. Sie sitzt immer noch auf ihrem Sofa und sucht nach Fehlern auf der Seite, falschen Preisen, Fotos, die sich nicht laden lassen, die auf dem Kopf stehen. Sie hat nicht geschlafen.

Es ist lange her, dass sie eine Nacht durchgemacht hat. Sie versucht sich an die letzte zu erinnern. Im Halbschlaf bereitet sie das Frühstück zu, deckt den Tisch, toastet Brot, sucht den Honig, es ist kein Honig mehr da, nimmt die Marmelade raus, geht Milly mit einem Kuss auf den Hals wecken, schmiert ihr eine Scheibe Brot, verbrennt sich an ihrem Tee, hört das Signal ihres Handys:

»Alles in Ordnung? Können wir online gehen?«

Sie antwortet:

»Es ist nicht perfekt, aber es geht, Sie können loslegen.«

Ihr Onlineshop steht. Sie geht unter die Dusche, bleibt lange unter dem zu heißen Wasserstrahl. Sie hat es getan. Sie hat gedacht, dass sie es nie schaffen würde. Sie zählt auf die fünftausend Deko-Fans, die ihr auf Instagram folgen, um alles ins Rollen zu bringen. Sie hört den Signalton der eingehenden Bestellungen auf ihrem Laptop, der eingeschaltet im Eingangsflur steht. Aber das ist nicht dringend. Sie zieht einen Blazer und Pumps an und beeilt sich, zum L'Esplanade zu kommen, wo sie ein Frühstück mit dem Präsidenten des Steuerberaterverbands hat. Sie fragt sich, wann sie dieses Doppelleben endlich beenden kann, sie wird noch wahnsinnig.

Es ist der 16. November 2017.

4

Es war im Februar 2008. Ich sollte meinen Job als PR-Beraterin von Roselyne Bachelot wieder aufnehmen, die damals Gesundheitsministerin war. Meine Tochter war vier Monate alt. In ein paar Tagen wäre mein Mutterschutz vorbei. Ich hatte eine Tagesmutter gefunden, eine neue Aktentasche. Der Postbote klingelte, ein Einschreiben. Ich war gefeuert. Einfach so. Ohne Vorwarnung. Man hatte mich ersetzt. Es ist nicht immer ratsam, schwanger zu werden, wenn man in der Politik arbeitet.

Ich bin zur Nachbarin runtergegangen, um mir eine Zigarette zu holen, mehr als ein Jahr, nachdem ich mit dem Rauchen aufgehört hatte. Meine Tochter schlief in ihrem Körbchen. Was sollte ich nur tun?

Ein paar Stunden später rief mich Bernard Laporte an. Er war Minister für Jugend und Sport. Er sagte zu mir: »Diese bekloppte Roselyne hat dich gefeuert? Mach dir keine Sorgen, wenn du dich selbstständig machst, gebe ich dir einen Vertrag, ich brauche jemanden wie dich.« Meine PR-Agentur war geboren.

Der Umsatz stieg immer weiter, die Zahl der Angestellten auch. Ich sagte mir, dass Bachelot eines Tages für diese Hinterlistigkeit, Frauen bei ihrer Rückkehr aus dem Mutterschutz zu feuern, während sie im Fernsehen als Feministin auftrat, bezahlen würde, und machte wei-

ter. Und es hat funktioniert. Doch sie hat nie dafür bezahlt.

Es geht nicht immer gerecht zu.

Ich habe diese Jahre geliebt, die Kunden, die mir vertraut haben, die Consultants, die ich eingestellt habe. Ich habe die, denen ich gekündigt habe, vergessen, habe gelernt, geleitet, entwickelt, eine Firma aufgebaut, sie vergrößert, eingestellt, ich habe es geliebt.

Fast neun Jahre später endet dieses Abenteuer nun. Wir haben die Büros geräumt und ich kann nur mit Mühe die Tränen zurückhalten, denn es war doch eine verdammt gute Zeit.

Ich bereue nichts. Ich habe viele Träume. Aber ich vergesse niemals die, die mir dabei geholfen haben, diesen hübschen Laden über all die Jahre am Laufen zu halten.

Sie schließt die Agentur. Springt ins kalte Wasser. Es ist der 23. Dezember 2017.

5

Sie ist erst seit ein paar Tagen aus Marrakesch zurück. Sie sind dort wie jedes Jahr hingeflogen, um Silvester zu feiern. Es ist nun ein Jahr her, dass sie die Agentur geschlossen und den Onlineshop lanciert hat, ein paar Monate, dass sie das Ladengeschäft in viel größere Räume im 9. Arrondissement verlegt hat. Die Dinge haben sich geordnet. Auch wenn noch nichts gewonnen ist, die durchwachten Nächte werden seltener und sie beginnt wieder Pläne zu schmieden. Sie hat ihren Kummer verarbeitet und sagt sich nun, dass es sicher besser so ist. Sie hat akzeptiert, niemals zu erfahren, warum er sie verlassen hat, und sie hat gelernt, damit zu leben. Sie hatte ein oder zwei bedeutungslose Liebschaften, nichts, was ihr frisch geheiltes Herz hätte brechen können. Es geht ihr gut, endlich hat sie wieder Lebensfreude.

»Es ist sehr nett, dass Sie an mich gedacht haben. Auch wenn unsere neue Pariser Boutique gut läuft und das Unternehmen schnell wächst, sind wir noch klein. Aber es stimmt, dass es ein Traum von mir ist, etwas in New York zu eröffnen.«

»Aus diesem Grund möchten wir, dass Sie an diesem Essen teilnehmen. Mehrere Franzosen, die in New York leben, haben uns von Ihren Ambitionen erzählt, von denen Sie auf Instagram berichten, wenn ich mich nicht irre?«

»Ja, das stimmt. Aber ich habe M. erst vor knapp zwei Jahren gegründet. In New York zu leben war immer ein Traum von mir, ich habe allerdings bis vor Kurzem im PR-Bereich gearbeitet, und damals war es ehrlich gesagt ausgeschlossen. Ich würde nicht so weit gehen, dass es mir nun, mit diesem neuen Abenteuer, einfach erscheint, aber zumindest nicht mehr vollkommen unmöglich. Seit ein paar Monaten beobachte ich aus der Ferne, wie man eine Boutique in Manhattan eröffnen könnte. Ich bin sicher, dass es klappen kann, aber ich fühle mich wie ein Zwerg vor einem riesigen Berg.«

»Aber, Verehrteste, das ist doch nur verständlich. Wir haben, wie Sie vielleicht wissen, Programme für französische Unternehmer, die es in die USA zieht. Wir können Sie mit Investoren, Juristen und Unternehmern mit dem gleichen Werdegang und dem Wunsch, ihre Erfahrungen zu teilen, zusammenbringen. Wir organisieren jeden Monat ein Abendessen, hier im Konsulat, bei dem zehn Persönlichkeiten aus der Wirtschaftswelt zu einem bestimmten Thema zusammenkommen. Anlässlich des Internationalen Tags der Frauenrechte organisieren wir am 8. März ein exklusiv weibliches Diner, mit fünfzehn Französinnen, die alle auf dieser Seite des Atlantiks ihr Business aufgezogen haben. Wenn Sie zufällig zu der Zeit in New York sind, wären wir erfreut, Sie zu empfangen.«

»Mit Freuden. Sie können mit mir rechnen, ich glaube, es ist Zeit, dass ich mir ein Netzwerk schaffe. Ich werde kommen.«

»Perfekt, dann erwarten wir Sie am 8. März um acht Uhr im Konsulat. Ich sende Ihnen bis Ende der Woche alle Informationen per Mail und die Kontakte der verschiedenen Personen, bei denen Sie hier, in New York, Rat suchen können.«

»Vielen Dank für Ihre Hilfe. Bis bald also.«

»Einen schönen Tag, Madame.«

Sie setzt ihre Tochter an der Schule ab, das Taxi wartet am Ende der Straße auf sie, um sie zum Flughafen zu fahren. Sie nimmt den Air-France-Flug um 10 Uhr 20, Ankunft 12 Uhr 57 am John F. Kennedy Airport.

Vor dem Terminal mit den internationalen Flügen steht eine lange Reihe gelber Taxis. Sie hat keinen Koffer, nur eine einfache Reisetasche, in die sie ein weißes Hemd, eine Zahnbürste und ihr Parfum gesteckt hat. Sie fährt im Hotel vorbei, um die Zimmerschlüssel abzuholen, stellt ihre Tasche ab und geht spazieren. Jedes Mal, wenn sie in diese Stadt kommt, ist sie gleichermaßen fasziniert von der maßlosen Architektur und dieser unbeschreiblichen Energie, die sie ausstrahlt. Sie läuft bis nach SoHo, durch die Straßen mit den meisten Läden, träumt vor den zu vermietenden Ladenflächen, notiert sich ein paar Nummern, die sie anrufen will, um einen Eindruck von den Mietpreisen zu bekommen. Sie weiß, dass hier alles schneller geschieht als andernorts. Aufstieg und Fall. Sie dreht eine Runde über den Chelsea Market, bleibt vor ein paar Geschäften stehen, die marokkanisches Kunsthandwerk verkaufen, nichts davon mit dem vergleichbar, was sie vorhat. Sie geht die Madison Avenue hoch, trinkt einen Tee bei Dean & DeLuca, wirft einen Blick auf die Uhr – wenn sie nicht zu spät kommen will, ist es höchste Zeit, zum Hotel zurückzugehen.

In Frankreich ist es zwei Uhr morgens, als sie bei der Nummer 934 der 5th Avenue ankommt. Das große weiße Steinhaus, an dem stolz die französische und die europäische Flagge wehen, wirkt einschüchternd. Ein Portier öffnet ihr die Tür und begrüßt sie mit einem Kopfnicken, sie unterdrückt ein Gähnen, das ist nicht der Moment. Sie atmet tief durch, um sich zu entspannen. Sie hat eine Jeans, ein weißes Hemd und ihre üblichen Golden Goose angezogen. Sie fragt sich, ob sie nicht besser ein paar Pumps anstelle von Sneakers hätte mitnehmen sollen, aber es ist zu spät für solche existenziellen Fragen. Vor drei Jahren hat sie entschieden, sich nicht mehr den Gepflogenheiten zu beugen, die von einer Business-Frau fordern, dass sie auf Zwölf-Zentimeter-Absätzen daherkommt, und das ist nicht der Augenblick, um alles infrage zu stellen.

»Hey mam, may I have your name please?«

Sie traut sich nicht, auf Englisch zu antworten, aus Angst vor ihrem schlechten Akzent, und reicht nur ihre Einladung rüber.

»I'm invited by the economic advisor for a special Women's Day dinner, I think«, sagt sie dann doch.

»Sure, let me introduce you. Follow me please, Mr. Bourgeois is waiting for you.«

Sie folgt ihm durch die Flure der Villa bis in den kleinen Salon. Dort sind bereits etwa zehn Frauen ins Gespräch vertieft, ein paar Champagnergläser werden herumgereicht. Sie würde sich gern in einem Mäuseloch oder unter dem dicken Teppich verkriechen, damit niemand sie sieht. Aber sie ist nicht den ganzen Weg gekommen, um jetzt aufzugeben. Ein Mann schaut sie an. Er ist groß, dunkelhaarig, elegant in seinem schlichten Anzug. Er kommt lächelnd auf sie zu.

»Guten Abend. Ich will keine Küchenpsychologie betreiben, aber ich meine, eine gewisse Sorge in Ihren Augen zu lesen. Fürchten Sie nichts, Wohlwollen ist das Motto dieses Hauses, Sie sind hier zu Hause.«

»Danke. Ich muss zugeben, dass ich mich bei dieser Art von Treffen nie besonders wohlfühle. Aber da ich extra aus Paris gekommen bin, wäre es schade, umzudrehen.«

»Ich lasse Sie auf keinen Fall so schnell wieder gehen. Alexandre Castres, sehr erfreut, nennen Sie mich Alexandre. Ich bin Sprecher der französischen Mission bei den Vereinten Nationen. Ich beherrsche die Gepflogenheiten dieser Art von Party aus dem Effeff. Erlauben Sie mir, heute Abend Ihr Begleiter zu sein. Sie müssen mir nur folgen und ich führe Sie in unsere noble Runde ein.«

Sie folgt ihm, grüßt, lächelt, antwortet brav auf die Fragen der anwesenden Frauen. Alle leben in New York. Manche sind ihrem Mann gefolgt, andere sind gekommen, um etwas Eigenes aufzubauen, im Bereich New Tech, Dienstleistung, Design oder Backwaren. Sie sind freundlich, angenehm und offensichtlich erfreut, Neuigkeiten aus Frankreich zu bekommen. Sie ahnt ein gewisses Heimweh hinter dem, was sie sagen, aber sie alle haben offensichtlich zugleich eine starke Bindung an ihr neues Zuhause.

»Sie wollen hier eine Boutique eröffnen? Was für eine gute Idee! Abseits der großen amerikanischen Ketten gibt es nicht viel. Ein paar Concept-Stores in Brooklyn, aber Manhattan ist eine Wüste!«

»Sie werden sehen, wenn Sie erst mal ein Visum haben, ist es ein Kinderspiel, hier eine Firma zu gründen. Eine

Sache von ein paar Klicks. Das Schwierigste ist das Arbeitsvisum, aber ich kenne eine sehr gute Anwältin, eine Französin, die seit zwanzig Jahren im Silicon Valley arbeitet. Sie kennt die Geheimnisse der amerikanischen Verwaltung auswendig, sie wird Ihnen helfen.«

Alle haben wirklich ein offenes Ohr und sind bereit, sie zu unterstützen, ohne Hintergedanken. Nach und nach lässt sie sich auf diese kleine Gemeinschaft, die sie mit offenen Armen empfängt, ein und fühlt dabei ständig seinen Blick. Er ist da, beobachtet sie mit amüsiertem Lächeln, lässt sie machen, hält sich immer ein wenig im Hintergrund, aber nicht zu weit weg, für den Fall, dass sie ihn braucht. Er geht an ihr vorbei, lehnt sich zu ihr und flüstert unauffällig in ihr Ohr: »Sie machen das ausgezeichnet, sie werden Sie lieben, Ihr Enthusiasmus tut gut. Ich habe mir die Sitzordnung angeschaut, wir sind ein Stück voneinander entfernt, aber geben Sie mir einfach ein Zeichen, wenn Sie mich brauchen, und ich bin da.«

Der französische Konsul lädt sie ein, in den Speisesaal und zu Tisch zu gehen. Es folgen viele Gänge, sie spürt, wie die Müdigkeit sie überrollt. Von Zeit zu Zeit wirft sie ihm einen heimlichen Blick zu und begegnet seinem. Insistierend. Neugierig.

Sie sieht Marc seit Monaten nicht mehr, ihre Beziehung führte nirgendwohin, er erwartete alles, sie wollte nichts, und sie mochte ihn zu sehr, um ihn zu verletzen. Sie hat seit Monaten keine Hände mehr auf ihrer Haut gespürt, erlebt, wie ihre Sinne geweckt werden, sie schaut ans andere Tischende, zu ihm, und spürt, wie die Lust sie überkommt.

»Und in welchem Viertel von Paris ist Ihre Boutique?« Ihre Sitznachbarin hakt nach.

»Wir sind in Pigalle. Anfangs waren wir in Montmartre, aber der Laden war wirklich zu klein, vor fast zwei Jahren sind wir also umgezogen, und ich gestehe, dass wir eigentlich etwas noch Größeres bräuchten, aber die Preise machen es Selbstständigen nicht einfach. Nur die großen Marken können so beträchtliche Summen aufbringen!«

»Das ist schrecklich, hier ist es das Gleiche. Ich finde das wirklich traurig, überall wo man hingeht, hat man inzwischen das Gefühl, in der gleichen Stadt zu sein, mit den gleichen Marken, den gleichen Schaufenstern, als hätte sich die ganze Welt vereinheitlicht. In New York sind die Mieten so hoch, dass Geschäfte, die gerade geöffnet haben, schon wieder zumachen müssen.«

»Das ist genau das, was man mir erzählt hat. Auch wenn ich mich sehr gern an der Upper East Side niederlassen würde, ist es, glaube ich, wirklich nichts das günstigste Viertel.«

Er schaut sie immer noch mit dem gleichen amüsierten Lächeln im Mundwinkel an.

»Richtig, aber Sie müssen zu Ihrer Kundschaft. Niemand durchquert ganz Manhattan, um am anderen Ende der Stadt ein Kissen zu kaufen. Haben Sie einen Lieferdienst vorgesehen? Denn die New Yorker hassen es, ihre Tüten zu tragen. Hier kaufen sie und verlangen eine Lieferung am selben Abend zu ihnen nach Hause, die Portiere der Wohntürme sind inzwischen eigene Poststationen!«

»Dieses Detail war mir fremd, das ist wirklich gut zu wissen. Ich muss sagen, dass wir noch nicht so weit sind, aber ich hoffe, dass es bald so weit sein wird. Erst einmal schreibe ich einen Businessplan und versuche herauszufinden, wie ich ein Visum bekommen kann. Ich bin zum ersten Mal mit diesem Problem konfrontiert, das ist ein eigenartiges Gefühl, nicht dort leben zu können, wo es einem gefällt. Ich ahne nun, was die marokkanischen Bürger fühlen müssen, die vor dem französischen Konsulat in Marrakesch Schlange stehen, in der Hoffnung, das wertvolle Stück Papier zu bekommen. Ich bin wirklich nicht sicher, ob ich das schaffe.«

»Aber ja, haben Sie Vertrauen, mit der richtigen Unterstützung schaffen Sie das, da bin ich sicher. Sie müssen nur einen guten Antrag erstellen.«

Ihr ist danach, sie alle und den nicht enden wollenden Small Talk hinter sich zu lassen, ihn sich zu schnappen und bis ans Ende der Nacht in einer Bar in Williamsburg Cocktails zu schlürfen.

Alle sind im Aufbruch, der Doorman bringt die Mäntel, man verabschiedet sich mit Wangenküsschen und verspricht, sich bald wiederzusehen. Eine blonde Frau von subtiler Eleganz tritt auf den Organisator des Abends zu.

»Herr Konsul, der Abend war wundervoll, wie jedes Mal übrigens, Sie wissen wirklich wie kein anderer, wie man Gäste empfängt. Sie sollten diese Treffen unter Frauen öfter organisieren, es ist wirklich eine Freude.«

»Ich werde daran denken, Madame, ich werde daran denken. Das Vergnügen war ganz meinerseits.«

Sie hält sich ein wenig abseits. Er kommt zu ihr.

»Mademoiselle, es war mir eine Freude. Wenn ich Ihnen irgendwie behilflich sein kann, kontaktieren Sie mich gern, ich gebe Ihnen meine Karte. Und wenn Sie wieder nach New York kommen und sich nicht bei mir melden, werde ich Ihnen das nicht verzeihen.«

Sie schaut ihn an, nimmt seine Karte und schiebt sie langsam in die Hintertasche ihrer Jeans.

»Sie werden das ein wenig forsch finden, aber ich würde mir vorwerfen, nicht gefragt zu haben. Wann reisen Sie nach Paris zurück?«

»Morgen Nachmittag.«

»Soll ich Sie an Ihrem Hotel absetzen? Mein Wagen wartet draußen.«

»Das ist sehr freundlich, aber ich glaube, man hat mir ein Taxi gerufen. Ich liebe es, nachts durch New York zu fahren.«

»Wie bedauerlich, aber ich verstehe Sie. Ich lebe seit fünf Jahren hier und glaube, ich werde nie genug davon bekommen. Es bleibt mir also nur zu hoffen, dass Sie uns die Freude bereiten und uns wieder besuchen.«

»Es ist nicht ausgeschlossen.«

Der Doorman gibt ihr ein diskretes Zeichen.

»Your cab is here, he is waiting for you, Miss.«

«Thanks, I'm coming.«

Sie reicht ihm wortlos die Hand. Er ergreift sie, ohne sie aus den Augen zu lassen.

»Bis bald?«

»Bis bald.«

Sie schlägt den Kragen ihres Mantels hoch, um sich gegen die Kälte zu schützen, öffnet die Wagentür, dreht sich flüchtig um, begegnet ein letztes Mal seinem Blick, steigt ins Auto.

»Hi. 210 West, 55th Street, please.«

»Yes, Mam.«

Das Taxi fährt die Fünfte nach Downtown runter. Endlich kann sie durchatmen. Der Abend war anstrengend. Sie kann diese mondänen Veranstaltungen nicht ausstehen, sie fühlt sich dort nicht sicher. Die Gepflogenheiten kennt sie zwar, aber zu repräsentieren, eine Rolle spielen zu müssen, empfindet sie als belastend. Der Jetlag trifft sie nun mit ganzer Wucht. Sie denkt an seinen Blick, der sie nicht losließ. Die Lichter der Hochhäuser fliegen vorbei, das Taxi fährt weiter durch die Stadt. Sie zieht die Visitenkarte aus ihrer Jeanstasche.

ALEXANDRE CASTRES
Speaker
French Representation
United Nations
New York

Sie holt ihr Handy heraus und schreibt: »*Abendessen Freitag um 21 Uhr? Ich überlasse Ihnen die Wahl des Ortes.*«

Ihr Handy vibriert.

»*Ich dachte, Sie fliegen morgen nach Paris zurück?*«
»*Wer hat etwas anderes behauptet?*«
»*Und Sie kommen am Freitag zurück?*«
»*Nur, wenn Sie Ja sagen.*«
»*Sie wissen entschieden zu überraschen. Ich hoffe, dass die Fahrt durch die nächtliche Stadt Ihren Erwartungen entspricht. Ich kümmere mich um das Restaurant. Träumen Sie schön, und guten Flug.*«
»*Ihnen eine schöne Nacht.*«

Später wird er eingestehen, dass er ihr nicht geglaubt hat. In seiner Welt fliegt niemand für ein Essen von Paris nach New York.

In ihrer Welt schon.

Im Hotelzimmer angekommen, lässt sie sich ein sehr heißes Bad ein. Während das Wasser in die Wanne rauscht, geht sie auf die Seite von Air France, klickt auf Abflug, wählt Paris aus, Ankunft New York. Hinflug am Freitag, 15. März 2019, Rückflug am Sonntag, 17. März 2019. Sie nimmt ihre Kreditkarte und bucht einen Fensterplatz für den Flug von Delta Airlines um 10 Uhr 20, Ankunft 13 Uhr 56. Das ist früh genug, um pünktlich zum Abendessen da zu sein.

Er hat einen Tisch um 20 Uhr im Locanda Verde, einem italienischen Restaurant in Tribeca, reserviert. Die ganze Woche lang haben sie sich nicht mehr geschrieben, sicher weil sie sich diese unwahrscheinliche Begegnung ausmalen wollten, ohne in einen Rausch aus mit Smileys gespickten Nachrichten zu geraten, die sie sich wie alle von morgens bis abends hätten schicken können, während sie beide spürten, dass diese Geschichte vielleicht mehr wert war. Also ließen sie sich Zeit, um sie zu erträumen.

Sie hat ein kleines Schwarzes angezogen, fließend und sehr kurz, mit einem Rundkragen und Puffärmeln. Ein Kleid kann nicht zu kurz sein, dachte sie. Dazu trägt sie schwarze Pumps, die sie in ihrem alten Leben gekauft hat, lange Ohrringe, die an ihrem Hals herabhängen, an den sie einen Tropfen Parfum getupft hat. *La vie est belle* von Lancôme. Sie hat eine kleine Clutch dabei, ebenfalls schwarz, und ist geschminkt. Es ist lange her, dass sie sich für ein Abendessen zurechtgemacht hat.

Kurz nach 20 Uhr tritt sie in das Restaurant, hofft, dass er schon da ist, und hat zugleich große Angst, ihn nicht wiederzuerkennen. Sie erkennt ihn sofort wieder. Er sitzt links vom Eingang auf einer Bank. Er wartet auf sie, unter dem Tisch wackelt nervös sein Knie, obwohl er so wirkte, als wäre er überall und jederzeit entspannt. Als sie hereinkommt, treffen sich ihre Blicke. Kurz sieht sie die Überraschung in seinen Augen. Vor allem sieht sie, dass er sie schön findet.

Es ist der 15. März 2019.

6

Er wohnt in einem großen Appartement mit riesigen New Yorker Fenstern, durch die man die Bäume und die hübschen Backsteinhäuser gegenüber sehen kann, ein paar Blocks vom Central Park entfernt. Sie betritt es zum ersten Mal an diesem Freitag, kurz nach Mitternacht, es war also bereits der 16. März. Als sie aus dem Restaurant traten, hat er nur gefragt: »Zu mir oder zu dir ins Hotel?« Ohne auch nur zu zögern, hat sie geantwortet: »Zu dir.«

Er hat ein vorbeifahrendes Taxi angehalten, ihr die Tür aufgehalten, damit sie als Erste einsteigen konnte, und gab dem Fahrer seine Adresse. Er nahm ihre Hand, die verlassen auf dem Lederpolster lag, ließ sie zuschauen, wie die Lichter der Hochhäuser vorbeiflogen, weil er weiß, dass sie die Lichter der Hochhäuser im nächtlichen New York liebt.

Das Appartement ist beeindruckend. Es ist leer. Schön und puristisch, groß und ohne Wärme. Ein Ort der Durchreise, die Wohnung eines alleinstehenden Mannes, der weiß, dass er heute hier ist, aber morgen schon in Moskau oder Addis Abeba sein kann.

»Möchtest du ein Glas Rotwein?«

»Ja, gern.«

Er holt große, elegante Weingläser. Er hat alles, was man haben muss. Alles ist perfekt, kein falscher Ton. Es fehlt nur das kleine bisschen Seele, das alles verändert hätte.

»Du kannst dich gern umschauen. Ich merke doch, dass du neugierig bist.«

»Ich komme mir vor wie auf einem riesigen Spielfeld. Ich schaue diese Räume an wie ein brachliegendes Feld und habe tausend Ideen – schade, dass mein Lager zehntausend Kilometer entfernt ist.«

Sie hat eigentlich überhaupt keine Lust, über die Arbeit zu reden. Sie redet, um ihre Schüchternheit zu überspielen, in diesen letzten Augenblicken, bevor alles kippt.

Er kommt auf sie zu, reicht ihr ein Glas.

»Es ist ein bisschen spät zum Arbeiten, oder?«

Sie geht weiter durch den Raum, schaut aus dem Fenster, tut so, als würde sie die wenigen Bücher begutachten, die in den Regalen stehen.

»Okay, ich werde versuchen, es auszublenden. Ich könnte dir zumindest ein paar Kissen liefern lassen, die du auf dem Sofa verteilen könntest, und einen Teppich, willst du keinen ...«

Er presst seinen Mund auf ihren.

»Ich bitte dich, hör auf zu reden, ja? Komm mit.«

Er nimmt ihre Hand, geht aus dem Appartement, zwei Stockwerke und eine steile Treppe hoch und öffnet eine kleine Metalltür.

Unter ihnen erstreckt sich die Stadt.

»Schau, schau nur, wie wahnsinnig diese Stadt ist, alles hier ist mehr als anderswo, größer, stärker, schöner, glänzender, verrückter, einfach alles.«

Sie sagt nichts. Ein Traum wird Wirklichkeit. Sie hat immer gewusst, dass sie eines Tages hierherkommen würde. Wie oft hat sie es sich beim Einschlafen ausgemalt. Er legt seine Arme um sie, vergräbt sein Gesicht an ihrem Hals, schiebt ungeschickt ihr Kleid hoch. Sie stützt sich auf die Ziegelmauer und lässt ihn in sich eindringen, während sie auf die Stadt der unbegrenzten Möglichkeiten schaut.

Er kommt mit einer dampfenden Tasse Tee ins Zimmer.

»Guten Morgen, hast du gut geschlafen?«

»Oh ja.«

»Tee?«

Sie greift nach der Tasse.

»Kuss?«

Sie küsst ihn.

»Wovon träumt meine kleine Pariserin heute? Eine Runde Bootfahren auf dem See, ein Spaziergang durch Brooklyn, Frühstück auf einer Bank im Central Park?«

»Ich möchte einen New-York-Tag.«

Er findet sie rührend. Ein wenig verrückt, aber rührend. Er legt sich zu ihr, flüstert, dass die Nacht schön gewesen sei, dass ihre Körper gut zusammenpassten. Er hat Angst, sich zu schnell an dieses Irrlicht zu binden, das Tausende Kilometer weit weghuschen wird. Er will vergessen, dass es nicht einfach werden wird, um nur im Moment zu sein, zu erleben, wie sich ihre Brust anfühlt, die so gut in seine Hand passt.

»Ich habe so große Lust auf dich, meine Süße.«

Von New York hat sie an diesem Wochenende wenig gesehen. Sie sind wohl ein paar Mal rausgegangen, um im Drugstore etwas zu essen zu kaufen. Sie wird sich an zerknitterte Laken und auf dem Boden verstreute Kleider in diesem zu großen Appartement erinnern, an seine Hände auf ihrer Haut, an ihr kleines Schwarzes, das zusammengeknüllt in einer Ecke des Sofas lag. Sie wird sich an einen

Moment erinnern, da sie mit dem Taxi einen Abstecher in ihr Hotel machten, um ihre Tasche aus ihrem Zimmer zu holen. Sie checkte aus. Der Mann an der Rezeption fragte erstaunt: »You don't sleep here tonight, Miss? You already paid for two nights, you know?«

»Yes, I know, but finally, I have another plan.«

Am Sonntagabend reichte sie ihr Ticket über den Schalter von Air France. Sie ging Richtung Zoll. Er ließ ihre Hand nicht los, wie um sie noch eine Weile zurückzuhalten. Sie blieb vor der Schranke stehen, weiter durfte er nicht gehen.

»Sag mir, dass du wiederkommst.«

»Ich komme wieder.«

An der Kontrolle zeigte sie ihren Reisepass vor, ging, ohne sich umzudrehen, weiter zum Gate. Abschiede haben ihr noch nie gelegen.

Es ist der 17. März 2019.

7

Sobald ihre Tochter nicht bei ihr ist, fliegt sie zu ihm. Er kommt ein paar Mal nach Paris, wenn ihn nicht irgendeine diplomatische Krise bis spät im Büro festhält. Sie jonglieren mit dem Jetlag, um miteinander sprechen zu können, verbringen ganze Nächte auf Facetime, um das Gefühl zu haben, nebeneinander einzuschlafen. Sie lebt versetzt, eingestellt auf die dortige Uhrzeit. Ihre Augenringe werden tiefer. Sie beginnt, sich ein gemeinsames Leben vorzustellen, und er tut alles dafür. Einmal stopft sie Kissen und alle möglichen Dinge aus dem Laden in seinen Koffer, um in seiner Wohnung, die nach und nach bewohnt wirkt, Spuren zu hinterlassen. Sie finden zu ein paar Gewohnheiten und vergessen manchmal, dass sie in Wirklichkeit Tausende Kilometer trennen. Samstagabends essen sie bei Freunden von ihm, die irgendwann auch ihre werden. In den ersten Wochen fällt es ihr mit der Zeitumstellung und dem New Yorker Akzent, den sie nur schlecht versteht, sehr schwer, der Unterhaltung zu folgen. In Paris schaut sie eine amerikanische Serie nach der anderen und das Reden, das Lachen auf Englisch fällt ihr nach und nach leichter. Er zieht sie liebevoll mit ihrem *frenchy* Akzent auf, den er zum Anbeißen findet. Sie ziehen durch die Underground Bars von Midtown, gelangen durch abgewetzte Türen an Orte, die nur Leute von hier kennen. Sie ist keine New Yorkerin, aber auch keine Touristin mehr, und das gefällt ihr. Die Nächte sind kurz, als ob jede die letzte sein könnte. Ihre Beziehung ist von einem Gefühl permanenter Dringlichkeit geprägt. Ein ewiges Rennen gegen zu kurze Augenblicke, zu lange Transatlantikflüge, zu erschöpfenden Jetlag. Jedes Mal tauchen sie in die wenigen Stunden ein, die sie ihren getrennten Leben abringen können, schutzlos und vollständig, ohne an das Morgen zu denken. Sie liebt seine Haut, seine etwas rohe Art, sie zu lieben, die so wenig mit seinen gut geschnittenen Anzügen und den perfekt gebügelten weißen Hemden zu tun hat.

Wenn sie freitags vom Flughafen kommt und ihren Koffer auf seinem Bett ablegt, sagt er jedes Mal: »Na los, sag schon, was hast du dieses Mal mitgebracht? Wenn du so weitermachst, wird meine Wohnung noch richtig *girly*, nur du fehlst noch.«

»Nichts, keine Sorge, nur einen Überwurf, von dem ich dachte, dass er gut auf dein Bett passt, eine Teekanne mit Tassen für meinen Tee und Brettchen für den Aperitif. Ich hatte Angst, die Gepäckgrenze von siebenundzwanzig Kilo zu sprengen und draufzahlen zu müssen, aber ich bin so durchgekommen!«

»Du bist vollkommen durchgeknallt.«

»Ich liebe deine Art, mir zu danken …«

Es muss kurz nach 20 Uhr in Paris sein, 14 Uhr in New York.

»Hörst du mich?«

»Ja, Schatz, sehr gut. Alles in Ordnung?«

»Ich wollte dir nur sagen, dass du mir fehlst.«

»Du fehlst mir auch.«

»Aber ich wollte auch sagen, dass du mir nicht lange fehlen wirst … Ich komme morgen.«

»Wirklich? Oh, die Vorstellung, dich morgen Abend im Arm zu halten, ist so schön. Aber das war nicht geplant, was ist los? Nichts Schlimmes, hoffe ich? Wie lange bleibst du?«

»Kaum mehr als vierundzwanzig Stunden, ich muss am Donnerstagmorgen zurück, zu einer Versammlung der UNO am Nachmittag, die ich nicht verpassen darf.«

»So kurz? Okay, immerhin. Wie kommt es, dass du einen so kurzen Abstecher machst?«

»Ich bin im Ministerium einbestellt.«

»Ach? Einfach so, von heute auf morgen? Weißt du, was sie wollen?«

»Keine Ahnung, die haben nur gesagt, es sei dringend.«

»Aber nichts Schlimmes? Machst du dir keine Sorgen?«

»Nein, überhaupt nicht, mach du dir auch keine. Morgen werde ich mehr wissen. Ich fahre direkt nach der Ankunft ins Ministerium und komme danach zu dir.«

»In Ordnung, Schatz. Ich kann es nicht erwarten.«

»Ich auch nicht, meine Süße. Ich denke nur noch an deinen Duft.«

»Nur an meinen Duft? Ist das alles?«

»You're fishing for compliments. Du weißt genau, woran ich denke.«

»Ja, das weiß ich. Guten Flug, mein Herz. Nutz die Zeit, um von uns zu träumen.«

»Ich fliege mit einem Stapel Akten, wir sind komplett überlastet, im Moment brennt es in jeder Ecke des Planeten, und die Trump-Diplomatie erleichtert uns die Sache nicht gerade, dieser Typ ist unberechenbar, wir verbringen unsere ganze Zeit damit, die Risse zuzuspachteln.«

»Versuch trotzdem, dich ein bisschen auszuruhen. Guten Flug, my love.«

»Bis Morgen, mein Schatz.«

Sie haben sich noch nicht »Ich liebe dich« gesagt. Aber sie beginnen, daran zu denken.

Am nächsten Tag klingelt er bei ihr. Sie öffnet mit einem breiten Lächeln die Tür, ihr Herz schlägt ein wenig schneller als sonst. Sie sieht sein verschlossenes Gesicht und weiß sofort, dass etwas nicht stimmte. Er kommt herein, sie schließt die Tür hinter ihm, nimmt ihn in die Arme, beide immer noch stumm. Er vergräbt sein Gesicht an ihrem Hals, wie es seine Gewohnheit ist, und murmelt: »Ich liebe dich. Und ich werde nach Shanghai versetzt.«

Es ist der 10. September 2019.

8

Am Donnerstagmorgen flog er zurück nach New York. Sie begleitete ihn nicht zum Flughafen. Sie hatte für Abschiede noch nie Talent gehabt. Erst recht nicht für ein Nimmerwiedersehen.

Sie haben sich ein paar Mal angerufen, ein paar Worte geschrieben. Aber sie wussten, dass es nur die letzten Zuckungen einer Geschichte waren, deren Ende sie nie kennen würden.

Sie würde ihm dorthin nicht folgen.

Er sollte sich erinnern, dass einmal, als er jünger war, eine Frau von Paris nach New York geflogen war, um mit ihm essen zu gehen.

Sie würde für lange Zeit ein Foto auf ihrem Handy behalten. Sie sitzen in einem der Boote im Central Park, die Sonne scheint. Er trägt ein weißes Hemd mit hochgekrempelten Ärmeln. Er hält die Ruder fest. Sie sitzt vorne. Lächelt ins Objektiv. Sie sehen glücklich aus. Sie hätten sich beinahe geliebt.

Es ist der 12. September 2019.

9

Sie ist sechsundvierzig Jahre alt. Sie trägt immer noch einen schmalen Diamantring am linken Ringfinger. Verheiratet ist sie immer noch nicht. Sie hat aufgehört zu zählen, wie oft sie dachte, dass sie sich wieder trauen sollte. Abschließen, sich selbst überzeugen, dass es einfach noch nicht der Richtige war. Sie weiß, was sie stützt, wo ihre Basis liegt. Ihre Tochter, ihr Job, ihre Freunde. Die Boutique hat die Umsatzgrenze von einer Million Euro durchbrochen. Ein ansehnlicher Erfolg. Sie fragt sich nur, was sie mit all dem anfangen soll.

»Du weißt genau, dass ich nicht an Zufall glaube. Es gibt keine Zufälle. Diese Geschichte habe ich nicht umsonst erlebt, davon bin ich überzeugt. Okay, wir werden nicht heiraten, nicht glücklich zusammenleben und viele Kinder haben, aber ich habe in den letzten Monaten viel Zeit in New York verbracht, bin ständig hin- und hergeflogen. Wegen ihm, natürlich, aber da war jedes Mal auch etwas anderes. Ich war ungeduldig, als hätte ich ein Rendezvous mit der Stadt. Das findest du dumm, oder?«

»Dich haben unmögliche Beziehungen immer schon angezogen. Du willst in einer romantischen Komödie leben.«

»Aber du willst doch auch keine banale Geschichte. Du beklatschst deinen Typen, der auf der Bühne des Bataclan vor tausendfünfhundert Leuten spielt, die ganz aus dem Häuschen sind. Du liebst ihn nicht deswegen, aber auch deswegen. Wenn er IT-Service-Leiter wäre, würdest du vielleicht nicht das Gleiche bei seinem Anblick fühlen. Du wärst nicht weniger glücklich, das soll nur heißen, dass wir es gern kompliziert mögen.«

»Habt ihr miteinander gesprochen?«

»Wozu? Es gibt nichts mehr zu sagen. Das weiß er genauso wie ich. Ich werde nicht nach Shanghai ziehen. Die Reisen nach New York waren schon anstrengend, aber über das Wochenende nach China – das ist nicht einen Moment lang vorstellbar.«

»Bist du traurig?«

»Ein bisschen. Ich muss vorankommen, um keine Zeit dafür zu haben. Ich bin sechsundvierzig, meine Firma läuft wie am Schnürchen. Ich könnte in Nantes, Lyon oder Lille einen Laden eröffnen, ein Tausend-Quadratmeter-Lager an der Porte d'Aubervilliers haben. Das ist mir alles egal, das weißt du. Ich will kein internationales Unternehmen. Ich will nicht so viele Angestellte haben, wie es Tropfen vom Himmel regnet. Ich will nicht, dass man mich auf der Straße erkennt. Nicht berühmt sein. Ich will auch keine Hermès-Taschen oder Gucci oder was weiß ich. Ich will nicht mehr Geld. Nichts davon. Nur für etwas brennen. Jede Routine lässt mich eingehen, und auch zu wissen, was ich in zehn Jahren machen werde. Ich muss von Emotionen gepackt werden, um zu spüren, dass ich am Leben bin. Also weine ich, schlucke es runter, reagiere über, und es ist mir egal. Ich träume davon, dass eines Tages Patrick Bruel beim Frühstück an meinem Tisch vorbeikommt und fragt, ob er sich für einen Tee dazusetzen kann, auch wenn ich weiß, dass das nie geschehen wird. Ich träume von einem Mann, der sagt: Ich will, dass du meine Frau wirst. Und wenn ich mir diese Szene ausmale, stehe ich meistens in der Wüste von Agafay und seltener im hiesigen Festsaal, obwohl das auch hübsch sein kann und Marrakesch da oft überschätzt wird, aber man kann nicht aus seiner Haut, denkst du nicht? Ist es schlimm, große Träume zu haben?«

»Nein. Aber komm nicht an und sag, dass du vor lauter Stress Bauchschmerzen hast, das ist alles. Gut, worauf willst du eigentlich genau hinaus? Denn ich kenne dich, du siehst so aus, als hättest du etwas vor.«

»Ich werde eine Boutique in New York eröffnen. Ich habe es immer gesagt. Aber jetzt werde ich es tun. Ich weiß auch schon wann. Im September 2023. Da das Datum steht, muss es nur noch gemacht werden.«

»Du weißt, dass dich das ein Vermögen kosten wird? Aber ich bin mir sicher, dass du es schaffen wirst, *you go girl.*«

Sie klappt ihren Computer auf, holt einen Zettel aus ihrer Tasche, auf dem sie die Mail-Adresse notiert hat, die man ihr eines Tages gegeben und die sie sorgfältig aufbewahrt hat.

»Guten Tag,
mehrere Leute haben mir sehr ans Herz gelegt, mit Ihnen Kontakt aufzunehmen. Ich habe vor drei Jahren eine Einrichtungsboutique in Paris eröffnet, zunächst in Montmartre, dann im letzten Jahr in Pigalle. Wir haben zudem einen Onlineshop, den Sie sich ansehen können, wenn Sie einen Eindruck von uns bekommen möchten.

Unsere Firma verzeichnet eine Wachstumsrate von 50 Prozent jährlich, was im aktuellen wirtschaftlichen Kontext eine ansehnliche Leistung ist.
In New York zu leben ist für mich ein Kindheitstraum, ich habe nie geglaubt, es eines Tages ernsthaft zu versuchen, aber seit der Gründung von M. erscheint es mir nicht mehr ganz unmöglich. Die Firma ist heute solide genug, um eine Expansion ins Ausland zu tragen. Ich habe vor, zunächst für ein Jahr in die USA zu ziehen, um eine Marktstudie durchzuführen, die Konkurrenz auszuloten und auch, um die Stadtviertel zu finden, die einer Aktivität wie der unseren am meisten entsprechen. Wenn sich dieses erste Jahr als fruchtbar erweist, möchte ich eine Boutique in New York eröffnen, sicher im Bereich der Upper East Side. Ich weiß, dass die Mieten dort hoch sind, aber es erscheint mir grundlegend, nah bei meiner potenziellen Kundschaft zu sein.
Ich möchte also ein Visum für meine Tochter und mich selbst beantragen. Ich weiß, dass dies ein langer und kostspieliger Prozess ist, mit unbekanntem Ausgang. Wären Sie einverstanden, dass wir uns zunächst auf Facetime austauschen, um uns persönlich darüber zu unterhalten? Ich danke im Voraus für Ihre Antwort und wünsche Ihnen einen schönen Tag.«

Darunter setzt sie ihre Signatur. Sie klickt auf »*Senden*«.

Es ist der 2. Oktober 2019.

10

Die Boutique platzt aus allen Nähten. Und das, obwohl es fast 13 Uhr ist, die Zeit, wenn die Pariser die Geschäfte verlassen, um zu Mittag zu essen.

»Haben Sie ein Foto von Ihrem Wohnzimmer?«

»Ja, natürlich, ich habe es Ihnen mitgebracht. Ich weiß wirklich nicht, was zu diesem Ledersofa passt, es ist kompliziert. Grau passt letztlich doch nicht zu allem.«

»Entweder schaffen Sie einen starken Kontrast und nehmen etwas in Farbe, Safrangelb zum Beispiel, so wirkt es ein wenig modern, sehr trendy. Oder Sie nehmen Naturtöne, Leinen, Weiß, Rattan, dann wirkt es wärmer, viel sanfter.«

Sie schaut auf. Gerade ist er hereingekommen.

»Entschuldigen Sie mich einen kurzen Augenblick?«

»Ja, natürlich.«

Sie verschwindet im Lagerraum. Öffnet nervös ihre Tasche. Fischt Puder, Pinsel, Rouge heraus. Findet ganz unten ihr Parfum. Tupft etwas davon in ihre Halsbeuge. Sagt sich, dass das lächerlich ist, weil niemand um 13 Uhr so stark nach Parfum riecht. Und dass es zu spät ist, weil sie es nicht mehr abmachen kann. Sie reibt ihren Hals mit Küchenpapier ab, um es abzuschwächen. Es wird nur schlimmer. Sie wirft sich ein Tic Tac in den Mund, das seit Ewigkeiten in ihrer Jeans steckte. Atmet tief durch, um ihren Herzschlag zu beruhigen, der davongaloppiert.

Sagt sich, dass das Parfum schuld ist. Verschluckt sich an ihrem Tic Tac. Schaut sich im Spiegel auf der Toilette an. Löst ihren Zopf. Versucht sich mit den Fingern zu frisieren, um einen unfrisierten Eindruck zu machen. Gibt auf, weil es wirklich eher unfrisiert als frisiert aussieht. Greift das nächstbeste Kissen von einem Regalfach, das wirklich nicht zu dem grauen Sofa passt. Kehrt in den Laden zurück.

»Ich hatte an dieses gedacht, aber ich glaube, das war keine gute Idee, das passt nicht zu einem grauen Sofa …« Er hat sich nicht vom Fleck bewegt. Er steht immer noch am Eingang. In den Händen einen riesigen Blumenstrauß. Sie überlegt, ob der vielleicht gar nicht für sie ist. Er schaut sie nicht an. Er schaut gar nichts an. Er atmet tief durch, um seinen Herzschlag zu beruhigen, der dabei ist davonzugaloppieren. Sie tut weiter so, als wäre nichts. Er geht die drei Stufen der Steintreppe in der Mitte der Boutique hinunter. Ihre Blicke treffen sich. Er lächelt. Sie auch.

Eine Stunde später verlässt er den Laden mit seinem großen Spiegel in den Händen.

Eine Stunde war genug Zeit, um einzuflechten, dass er nicht mehr mit der hübschen Blonden zusammen ist, mit der er ein paar Monate zuvor vorbeikam. Dass es keine neue Frau in seinem Leben gibt. Dass er sie aber hätte zurückrufen sollen, als sie ihm im Frühling eine Nachricht hinterlassen hatte, um zu fragen, wie es ihm geht. Dass er große Lust habe, ein Riad in Marrakesch zu kaufen. Dass sie ihn vielleicht beraten könne, wenn sie ein wenig Zeit habe. Er hatte auch genug Zeit gehabt, um sie nach dem Mann zu fragen, mit dem sie zusammen war, als sie ihn zufällig im Jahr zuvor im Café des épices, mitten in der Medina getroffen hatte. Sie antwortete, dass sie nicht wisse, von wem er spreche, ach ja, nein, das sei lange vorbei. Letztlich nichts von Bedeutung.

Nach Ablauf der Stunde verlässt er den Laden mit seinem großen Spiegel. Sie fragt ihn, ob er mit dem Auto da ist, denn er wird nicht den Spiegel und den gewaltigen Blumenstrauß tragen können. Er antwortet nicht. Er schaut irgendwo hin, sie weiß es nicht mehr, zu Boden, an die Wand, die Decke, nur nicht in ihre Augen. Er hält den riesigen Blumenstrauß vor sich und murmelt, während er ihr nun doch in die Augen schaut: »Die Blumen sind eigentlich für Sie.«

Er geht mit dem Spiegel davon. Der Laden platzt aus allen Nähten, aber sie bleibt stehen und schaut ihm nach. Er dreht sich nicht um. Er bahnt sich seinen Weg. Geht hinaus. Biegt nach rechts ab.

Er ist weg. Sie weiß, dass sie ihn dieses Mal nicht einfach so gehen lassen kann.

»Entschuldigen Sie, haben Sie noch diese runden gestreiften Öllampen, die kleinen?«

»Ja, natürlich, ich hole sie Ihnen.«

Sie geht wieder ins Lager. Ihr Herzschlag hat sich immer noch nicht beruhigt. Sie auch nicht.

Um 15 Uhr 30 schickt sie:

»Sie werden das albern finden, aber es war ein Lichtblick, Sie zu sehen. Ich habe eine Flasche Champagner und Foie gras kühl gestellt, meine beste Freundin sollte zum Essen kommen, aber sie musste absagen. Wenn Sie heute Abend oder morgen unter den Dächern von Pigalle über

Ihre Pläne für Marrakesch sprechen möchten, wäre es mir eine Freude. Ich hoffe, Sie finden das nicht unangebracht, aber einen Abend mit Gelächter und Champagner stelle ich mir sehr schön vor. Danke für die schönen Blumen.«

Um 16 Uhr antwortet er:

»Danke für die Nachricht. Danke für Ihre Worte. Um ehrlich zu sein, war es auch ein Lichtblick für mich. Gerne heute Abend oder morgen, wie es Ihnen lieber ist, was Ihnen besser passt. Ich bin froh, dass Ihnen die Blumen gefallen.«

Sie schickt ihre Adresse.

»Ich bringe etwas zu trinken mit, brauchen Sie noch etwas anderes?«

»Baguette.«

Er liegt in der Badewanne. Er will nicht ohne das Erbetene auftauchen. Er zieht über, was ihm in die Finger kommt, und läuft los, um Brot zu kaufen. Auf der Rückbank des Taxis, das ihn zu seinem unbekannten Ziel fährt, an dem er sich drei Stunden vorher nie hätte vorstellen können zu sein, denkt er, dass das Leben viele Überraschungen bereithält. Er fährt durch Paris, das Gesicht von den weihnachtlichen Lichtern erhellt, liebt diese beste Freundin, die das Essen bei ihr abgesagt hat. Er, der von Natur aus so schüchtern ist, begreift nicht, welche Kraft ihn dazu bringt, sich ins Ungewisse zu stürzen.

Er steht seit fünf Minuten vor ihrem Haus. Er traut sich nicht hinaufzugehen. Dann fasst er sich ein Herz, tippt den Türcode ein. Die Tür lässt sich nicht öffnen. Er schaut prüfend über die Toreinfahrt. Er steht vor der Nummer 6, sie wohnt in der 8. Er geht ein paar Schritte weiter, zum richtigen Haus, tippt den Code ein, drückt den Türflügel auf und geht mit seiner Flasche Wein und dem Baguette langsam die Stufen hoch.

Es ist der 16. November 2019.

11

Der Wasserdampf verwandelt sich in winzige Tropfen, die eine Weile an der großen Fensterfront mit Ausblick auf die Dächer von Paris hängen bleiben. Dann fließt das Wasser die Scheibe hinunter bis zum Parkett. Draußen ist es kalt, drinnen warm. Sie haben die erste Flasche Wein gegen Mitternacht geleert. Es muss drei Uhr morgens sein, vielleicht ein wenig früher. Er fährt sich mit der Hand durchs Haar und legt seine Lippen auf ihre. Sie schiebt ihre Finger unter seinen marineblauen Pulli, ertastet seine Haut. Er beißt gierig in ihre Lippen, als hätte er seit Langem niemanden mehr geküsst. Er hat seit Langem niemanden mehr geküsst.

Sie geht zur Arbeit. Die Nacht war kurz. In Paris scheint die Sonne. Er geht zu Fuß durch die Stadt nach Hause. In Gedanken bei ihr. Er realisiert noch nicht ganz, was geschehen ist. Seit Jahren wartet er darauf, dass ihm etwas geschieht. Jahre, in denen er hoffte, endlich eine Frau zu treffen, die ihn die davor vergessen lässt. Er hat sie vor kaum einer Stunde vor ihrer Boutique abgesetzt und möchte am liebsten schon jetzt umkehren und sie wiedersehen. Sein Handy vibriert, als er gerade über die Alexandre-III-Brücke läuft.

»Hallo Schatz, hast du meinen Spiegel abgeholt?«

»Ja, ich bringe ihn dir morgen vorbei.«

»Essen wir zusammen zu Mittag?«

»Wir haben gesagt, dass wir uns nicht mehr sehen. Verdammt, du hast entschieden, zu deinem Mann zurückzukehren, also nerv mich nicht mit einem Mittagessen. Ich warte seit zwanzig Jahren auf dich, ist das nicht genug? Ich habe nicht geheiratet, habe keine Kinder, ich weiß nicht einmal, was es heißt, mit der Frau, die ich liebe, in den Urlaub zu fahren, ohne mich verstecken zu müssen, zwanzig Jahre, in denen ich nichts erfahren oder erlebt, nichts getan habe, weil ich dich liebe und auf dich warte, glaubst du nicht, dass das genug ist? Dieses Mal ist es vorbei, ich bringe dir morgen deinen Spiegel vorbei, und das war's. Es ist Zeit, findest du nicht?«

»Was ist nur in dich gefahren?«

»Nichts. Ich habe nur seit zwanzig Jahren kein Leben, weil du zwei hast. Und ich habe die Schnauze voll. Bis morgen.«

Er legt auf. Eine Nachricht geht ein:

»Ich laufe durch die Straßen und schaue dein Foto an, ich werde noch gegen einen Pfosten laufen.«

Er lächelt. Er hat sich seit Langem nicht so lebendig gefühlt. Er fragt sich sogar, ob es nicht sogar das erste Mal ist, dass er sich wirklich lebendig fühlt.

Es ist der 20. Dezember 2019.

Er begleitet sie zum Bahnhof. Er küsst sie, als würde er sie nie wiedersehen. Er vergräbt sein Gesicht an ihrem Hals und flüstert, ganz nah an ihrem Ohr: »Ich liebe dich.«

Sie sind seit vier Tagen zusammen. Das ist kompletter Unsinn. Und sie glaubt ihm.

Im Zug scrollt sie sich durch ihre Gespräche.

»Ich habe unsere Nachrichten wiedergelesen. Ich höre den Song von Grand Corps Malade. Er ist einfach irre. Unsere Geschichte ist irre. Ich verbiete dir, Nachrichten zu schreiben, während du fährst. Hörst du? Ich will dich noch lange behalten.«

Er antwortet:

»Er sitzt in seinem Büro, in dem er seit so vielen Jahren arbeitet. Er blickt auf das Unternehmen, das er definitiv verlassen wird, das ihn seit zwanzig Jahren Nacht und Tag beschäftigt hat.

Wochenlang nagte der Zweifel an ihm: War der Verkauf richtig? Heute weiß er, ja.

Und ein Wochenende hat alles verändert. Er denkt an sie.

Sein Leben findet nun woanders statt.«

Sie steigt aus dem Zug.

»Wie geht's dir, Schätzchen?«

»Gut, Maman, und dir? Deine Haare sind schön so.« Ihre Mutter sieht sie an.

»Na los, ich kenne dich doch, wie heißt er?«

Sie empfängt:

»Morgen ist Weihnachten, er ist an Heiligabend allein, aber es ist ihm egal. Er ist nicht mehr allein, es wird sicher das Weihnachten seines Lebens, das, an dem er sich am stärksten geborgen fühlt. Denn sie ist da. Sie ist überall.

In seinen Gedanken, in seinem Atem, seinem Herz-

schlag, in seinen Augen, in seinem Kopf, aber vor allem tief in seinem Herzen. Er wusste, dass sich sein Leben eines Tages grundlegend ändern wird. Seine Träume, die er nie aufgeben wollte, sind dabei, Wirklichkeit zu werden. Sie ist da. Es wird nie mehr sein, wie es war, und das weiß er.«

Sie sendet:

»Morgen ist für alle Weihnachten, nur nicht für sie. Für sie ist Heiligabend am 25. Ein Tag nach allen anderen. Denn Weihnachten kann nicht ohne ihn stattfinden. Weil nichts mehr ohne ihn stattfinden kann. Weil ohne ihn alles schal ist. Fade. Sie kennt ihn seit Monaten, er war immer irgendwo in ihren Gedanken. Sie wusste es. Sie hat nicht gewusst, ob es je geschehen würde, aber sie wusste, dass wenn er sie eines Tages holen käme, sie nicht Nein sagen würde. Sie wusste nichts über ihn. Nur, dass sie Ja sagen würde.«

Sie empfängt:

»Ich will mein Leben mit dir verbringen.«

Sie schickt ihm ein Foto aus New York.

»Unser Zuhause in drei Jahren.«

Ein paar Tage später setzt er sie und ihre Tochter am Flughafen Roissy-Charles-de-Gaulle am Terminal E ab. Sie fliegt für eine Woche in den Urlaub. Ohne ihn.

»Aber warum kommst du nicht einfach mit? Es ist 35 Grad warm, das Meer ist fantastisch, wir haben zwei Zimmer.«

»Ich kann nicht einfach so weg, ich muss in Toulouse ein paar Dinge regeln, das ist meine letzte Woche in der

Firma, ich muss mein Büro umziehen, mich von allen verabschieden, ich kann nicht einfach so verschwinden.«

»Aber das kannst du doch auch Anfang Januar, auf eine Woche kommt es nicht an. Ich will wirklich nicht ohne dich fliegen.«

»Ich will auch nicht, dass du ohne mich wegfliegst, mein Herz. Das sind die letzten Ferien, die du ohne mich verbringst, das verspreche ich dir.«

Sie reicht dem Kontrolleur am Eingang ihr Ticket. Die automatischen Türen drehen sich. Sie nimmt ihre Tochter an die Hand und geht in die Halle, auf der Suche nach dem Check-in-Schalter. Er schaut zu, wie sie sich hinter der Glasfront von Roissy entfernen, steigt in sein Auto, mit verschleiertem Blick. Er fühlt sich leer, so leer, wenn sie nicht da ist.

Sein Handy zeigt eine Sprachnachricht an.

»Wir müssen uns sehen. Wir können uns nach zwanzig Jahren nicht einfach so trennen, so plötzlich aufhören, uns zu sehen, zu reden, zu schreiben. Das ist zu hart. Ich kann ohne dich nicht leben, verdammt, das weißt du, ruf mich zurück.«

Er ruft nicht zurück. Er hat sich geschworen, nicht mehr zurückzurufen. Von nun an nach vorne zu schauen. Sie ist die Zukunft, die andere die Vergangenheit. Er will nicht rückfällig werden, nicht mehr zurückkehren, nicht mehr ihren Versprechungen glauben, die nur sie betreffen, aber ihm über Jahre Hände und Füße fesseln. Nicht mehr der Liebhaber sein, nie mehr der, den man versteckt, verschweigt, den man einen Augenblick lang innig liebt, aber an Silvester allein lässt. Er hat sich geschworen, nicht zurückzurufen. Zwanzig Jahre sind genug, oder? Sie sind am Ende des Weges angekommen, haben alles versucht, sie ist sogar eines Tages mit ihren vier Kindern im Schlepptau bei ihm aufgetaucht und hat gesagt, voilà, ich habe meinen Mann verlassen, wir wohnen jetzt bei dir. Nicht lange, und sie ging, wie sie gekommen war, mit ihren vier Kindern. Er weiß nicht einmal, ob nicht eines davon von ihm ist. Er will es nicht wissen. Was er jetzt will, ist, diese zwanzig Jahre, in denen er sie geliebt hat, zu vergessen, um endlich frei zu sein, um eine andere zu lieben.

Er stellt sein Handy auf stumm.

Acht Tage später holt er sie vor den gleichen Türen am Ausgang 2E ab. Die Woche war unendlich lang. Er kann ohne sie nicht mehr leben. Schon nach wenigen Wochen, seit diesem Samstagmittag, an dem er einen großen schwarzen Spiegel bei ihr abholte, kann er nicht mehr auf sie verzichten. Sie lindert den Schmerz, steht für die Zukunft, versöhnt ihn mit dem Leben. Sie steht für ein glückliches Morgen, dieses banale Ideal, das er so lange entbehren musste. Stattdessen war da nur Leere, die er mit Arbeit zu füllen versuchte. Und auf einmal ist da dieser Realitätsschock. Er sieht sie leben und denkt: Das ist es also. Alles mit ihr erscheint ihm unwirklich, an einem Sonntagnachmittag händchenhaltend spazieren gehen, vor dem Essen eine Flasche Wein aufmachen und dabei die Fernsehnachrichten schauen, die Wohnungsanzeigen durchgehen, auf den einschlägigen Seiten für lebensverändernde Entscheidungen. Zwanzig Jahre hat er auf das Recht gewartet, das normale Leben zu führen, das ihm nun so außergewöhnlich vorkommt.

»Gehen wir runter zum Gemüsehändler, um Äpfel für ein Kompott zu kaufen?«

»Wenn du willst, mein Herz.«

Und dann steht er da wie ein Idiot, mit Tränen in den Augen, weil er noch nie mit seiner Freundin zum Gemüsehändler runtergegangen ist, um Äpfel für ein Kompott zu kaufen. Zu zweit. Er wird sie nie wieder gehen lassen. Er verbringt die Nacht in ihren Armen.

»Ich liebe dich, glaube ich.«

»Ich liebe dich, Punkt.«

Sie zieht die Bettdecke über sie beide.

»Wir haben es unfassbar gut.«

Es ist Sonntag, der 5. Januar 2020.

12

Er hat sie die ganze Nacht über berührt. Gestreichelt. Eine Nacht in ihr. Irgendwann hat er seine Hand an ihren Hals gelegt und sie mit sonderbarer Intensität angeschaut. Sie sagte: »Hör auf, du tust mir weh, ich bekomme keine Luft mehr«. Er ließ locker, aber sie glaubte einen Moment lang, die Tiefe der kaum verborgenen Wunde zu sehen, die durchkreuzte Liebe schlägt.

Als sie aufwachte, schlief er zusammengekauert mit dem Rücken zu ihr. Sie schmiegte sich an ihn und nahm ihn in die Arme.

Er rührte sich nicht.

Irgendwann stand er auf und zog sich wortlos an. Sie fragte, ob er nicht vorher duschen wolle, und er antwortete, dass er lieber ihren Duft mitnehme. Er küsste sie lächelnd, sagte: »Ich mache mir nur einen Kaffee und gehe. Bleib du noch gemütlich im Bett liegen, mein Schatz.« Und er ging. Sie empfand es als ein wenig eilig. Doch er hatte ein wichtiges Meeting in Toulouse.

Am späten Nachmittag hatte sie immer noch nichts von ihm gehört. Sie schickte ihm eine Nachricht, dass sie ihn am Morgen als ein wenig distanziert empfunden habe, als ob er da gewesen sei, ohne wirklich da zu sein. Sie fragte, ob es ihm gut gehe.

Er antwortete nur: *»Genau das ist es. Ich bin da, ohne da zu sein.«* Nichts weiter.

Sie hat ihn nie wiedergesehen.

Sie schrieb ihm noch wochenlang. Zuerst, damit er zurückkam. Dann, um zu verstehen. Er hat nie geantwortet.

Später erfuhr sie, dass die jungen Leute das »Ghosting« nennen. Verschwinden wie ein Geist. Erst dachte sie, das sei erfunden. Also suchte sie auf Google nach dem Begriff und fand eine Definition: »Jemanden ghosten: ohne die geringste Erklärung aus dem Leben von jemandem verschwinden, um die Konfrontation zu vermeiden.«

Sie hat sogar einen Artikel in *Les Inrocks* gefunden. In den USA wurde Ghosting 2014 erstmals wissenschaftlich untersucht. Die Studie ergab, dass elf Prozent der befragten Personen schon ihren Partner geghostet haben. Der Journalist erklärt: »Man ghostet zunächst, um eine zu ernste Diskussion zu vermeiden, um sich nicht rechtfertigen zu müssen.«

Sie weint nicht. Sie hat bereits zu viel geweint.

Es ist Montag, der 6. Januar 2020.

13

Sie hat einen Sitzplatz für den Flug AF 456 um 8 Uhr 40 ab Terminal E am Flughafen Roissy-Charles-de-Gaulle. Über der A1 geht gerade erst die Sonne auf. Es ist 6 Uhr, sie hat nicht gut geschlafen. Sie schläft nie besonders gut, wenn sie früh am nächsten Morgen fliegt.

»Hier Ihr Koffer, haben Sie nichts auf der Rückbank vergessen, Mademoiselle?«

»Nein, vielen Dank.«

»Ich danke Ihnen, und gute Reise.«

Sie durchquert die Flughafenhalle. Eine Träne läuft über ihre Wange. Sie ignoriert sie, wischt sie nur mit dem Ärmel ab.

Sie kommt zum Schalter von Air France, reicht ihren Reisepass hinüber, stellt ihren Koffer auf das Band. 19,2 Kilo. Sie war vernünftig.

»Möchten Sie am Gang oder am Fenster sitzen, Mademoiselle?«

»Am Fenster, bitte.«

»Der Platz 8A ist verfügbar. Ist Ihnen das recht?« Sie nickt, 8A sei perfekt.

Die Stewardess reicht ihr ihr Boarding-Ticket. Sie nimmt es, schnappt sich ihren Koffer.

»Meine Damen und Herren, wir beginnen mit dem Boarding für Flug 456 der Air France nach New York-

JFK am Gate B6. Zunächst bitten wir die Reihen 1 bis 10 nach vorne. Bitte zeigen Sie Ihr Boarding-Ticket und Ihren Reisepass vor. Air France wünscht Ihnen eine angenehme Reise mit unserer Airline.«

Sie schaut im Zeitschriftenshop vorbei, nimmt ein paar Magazine und einen Roman vom Ständer neben der Kasse, eine Flasche Wasser, eine Tafel dunkle Schokolade mit Mandeln mit und begibt sich zum Gate B6. Ein Sonnenstrahl fällt in die Halle.

Ihr Telefon vibriert.

»Guten Tag, Géraldine, ich erwarte Sie wie vereinbart morgen früh um 10 Uhr in Ihrer Hotellobby. Ich hoffe, Sie sind in Form, ich habe für den Tag zehn Besichtigungen angesetzt. Bei der Hälfte handelt es sich um klassische Geschäfte, die anderen sind ein wenig untypische kommerzielle Flächen. Ich denke, dass Ihnen das auch gefallen könnte. Also ziehen Sie Turnschuhe an, wir werden zu Fuß gehen. Guten Flug!«

Sie lächelt.

DANKSAGUNG

Ich möchte euch danken …

Anne, meiner Freundin. Dafür, dass du meine Texte als Erste liest und immer für mich da bist.

Sabine & Marine. Dafür, dass ihr über mein anderes Leben gewacht habt, damit ich dieses leben konnte.

J.P., weil er der Erste war, der wusste, dass ich eines Tages schreiben würde. Vielleicht sogar vor mir selbst.

All denen, die das erste Buch gemocht haben. Ohne die es das zweite nie gegeben hätte.

All denen, die ich nicht kenne, die mich aber jeden Tag antreiben, tragen, mich ermutigen, mich unterstützen, mir liebe Botschaften senden, ohne Gegenleistung zu erwarten. Sie wissen es vielleicht nicht, aber sie sind eine unschätzbare Kraft.

Meinem Verleger, für sein Vertrauen und seine Geduld.

Der Musik. Denn ohne Musik gibt es keine Worte, die von einer Tastatur fließen und Seite für Seite Form annehmen, bis sie eines Tages zu einer Geschichte werden.